Kressmann Taylor

So träumen die Frauen

Erzählungen

Aus dem amerikanischen Englisch
von Marion Hertle

Mit einem Nachwort von
C. Douglas Taylor

Hoffmann und Campe

1. Auflage 2016

www.hoca.de
Umschlaggestaltung: Sarah M. Hensmann,
© Hoffmann und Campe Verlag
Umschlagfoto: © Harry Gruyaert / Magnum Photos
Satz: Pinkuin Satz und Datentechnik, Berlin
Gesetzt aus der Albertina
Druck und Bindung: CPI books GmbH, Leck
Printed in Germany
ISBN 978-3-455-40574-3

HOFFMANN
UND CAMPE

Ein Unternehmen der
GANSKE VERLAGSGRUPPE

Inhalt

Das Mädchen mit dem blauen Kleid

In Ellie Pearl stieg eine unbestimmte Angst auf, dass der Duft der Bäume in dieser frühen Dunkelheit süßlich und stark sein könnte – der Geruch der feuchten Erde, der Pech-Kiefern und Nadeln – und so intensiv wie damals, als sie noch ein Dreikäsehoch war, barfuß herumrannte und jeden Pfad dieser Gegend kannte, als sie, ganz gleich ob im Kiefernwald oder über Granit, schnell laufen konnte und nicht darauf achten musste, wohin sie ihren Fuß setzte. Das alles kam nun in ihr hoch, und sie wusste selbst nicht genau, warum es ihr Unbehagen bereitete, während sie das letzte steile Stück durch den Wald bergan ging und auf glitschige Kiefernnadeln trat, auf denen sie mit ihren glatten Stadtschuhen ins Rutschen geriet. Der Gesang der Grillen gab die laute Begleitmusik dazu, die Bäume standen dicht und schwarz, der Nachthimmel schimmerte hell durch die Lücken der Äste. Ein kleines Käuzchen rief oben auf dem Berg, und dieses Geräusch zitterte auf Ellie Pearl herab. Es war eigentlich ein sicheres Geräusch, dachte sie, ein banges, aber sicheres Geräusch, wie die Bäume, die leicht im Dunkel schwankten.

Sie sagte: »Lasst mir Raum, bitte, gebt mir Zeit. Drängt mich nicht zur Eile, ich habe nicht erwartet, dass ich gleich wieder so vertraut mit allem bin, nicht so schnell.«

Als sie zu der Stelle am Bach kam, wo ein Stamm quer darüberführte, musste sie stehen bleiben und zuhören, wie das Wasser rauschte. Es floss herab, immer weiter und weiter, die ganze Zeit über, aus dem Nichts in den Bergen hinab ins Tal, doch sie hatte nie gesehen, wohin genau es floss. Sie musste auf die Knie gehen und mit ihrer Hand nach dem Baumstamm tasten, das Wasser war tiefschwarz. Sie berührte die obere Seite des Stamms, wo das Holz ein wenig faulig war und in kleinen Bröckchen abfiel, und danach die Unterseite, ganz rau von Moos und Feuchtigkeit. Sicher würde sie mit ihren Absätzen hängenbleiben und stürzen, wenn sie darüberging. Sie tastete nach ihrem Kleid aus blauer Kunstseide, das so fein und zerbrechlich war wie Papier und Knöpfe aus geschliffenem Glas hatte, die im Tageslicht funkelten. Was sie tun würde, wenn es nass wurde, konnte sie sich gar nicht ausmalen. Ein seltsamer Gedanke, dass es sie hier im Wald mit all den Gerüchen und Geräuschen der Nacht weniger kümmerte, ob es nass wurde oder nicht. Schließlich streifte sie ihre Schuhe und Strümpfe ab, nahm sie in die eine Hand und den Koffer in die andere, trat auf den Stamm und spürte das morsche Holz unter ihren nackten Füßen. Das Geräusch des Wassers kam aus keiner bestimmten Richtung, und auf der Hälfte des Weges wurde ihr leicht schwindlig. Sie musste sich bücken und wieder nach dem Stamm tasten. Ein kalter Lufthauch wehte vom Bach zu ihr herauf, erreichte ihr Gesicht, zusammen mit dem Geruch des verrottenden Holzes. Halb gebückt ging sie weiter und tastete sich mit den Füßen voran.

Am Ende des Stamms sprang sie ins hohe Gras und setzte sich. Die Fruchtstände kratzten an ihren Ellbogen, als sie ihre Schuhe und Strümpfe gleich wieder überstreifte, denn wenn sie zum Haus gelangte, wollte sie richtig gekleidet sein. Es war ein seltsames Gefühl, hier zu sitzen und im Dunkeln nach ihren Strumpfbändern zu tasten. Einen Augenblick lang wusste sie nicht, wer um alles in der Welt sie eigentlich war – und die fünf Meilen Weg den Berg hinab zur gepflasterten Straße, wo sie aus dem Bus gestiegen war, breiteten sich klar vor ihr aus, jeder Schritt auf dem Trampelpfad, über den Fels, durch Zedern, Erdbeerbäume und Heidelbeergestrüpp. Aber es kam ihr vor, als hätte sie den Bus nur geträumt. Woher sie gekommen war, wusste sie nicht, obwohl noch heute Morgen das Büro, in dem ihre Schreibmaschine in der Ecke beim Fenster mit Blick auf das Crossroads Diner stand, so hübsch gewirkt hatte, als wäre es der einzige wirkliche Ort auf der Welt. Sie dachte an Mr. Brian vom Verkaufspersonal, der immer ihren Ellbogen berührte, wenn sie sich setzte, um das Diktat aufzunehmen. Er hatte sie schon sechs Mal ins Kino ausgeführt, ihr von seinen Ersparnissen erzählt und sie nach dem zweiten Mal äußerst respektvoll geküsst. Jetzt erschien er ihr wie jemand, von dem sie irgendwann einmal geträumt hatte, irgendwo. Sie zog ihre Schuhe wieder an und kam wegen des dichten Grases nur ungelenk auf die Beine; dann trat sie wieder in die harzige Luft des Kiefernwaldes.

Irgendwo zwischen den Kiefern musste sie vom Weg abgekommen sein, denn als der Himmel vor ihr durch die Bäume brach, war sie am oberen Rand des Waldes beim alten Lattenzaun, der die untere Weide umgrenzte und hie und da mit Findlingen durchsetzt war, die im Sternenlicht weiß schimmerten. Sie nahm eine Latte ab und stieg darüber, immer auf ihr Kleid bedacht, und tapste auf dem unebenen Boden weiter, bis sie die Umrisse der Eichen, die das Haus überschatteten, sehen konnte – und das kleine helle Viereck des Küchenfensters.

Mama stand am Tisch, sie schüttete gerade etwas Mehl auf ein großes, rundes Stück Teig in der Brotschüssel. Und Grandma saß im Schaukelstuhl, ihr Kopf war auf die Brust gesunken, sie war auf dem Weg ins Land der Träume – eine kleine, leichte Frau, Nase und Mund in ihrem faltigen Gesicht so nah beieinander wie bei einer Katze. Die Lampe war ein vereinzelter heller Fleck in ihrer Halterung an der Wand. Papa und Ruby saßen in ihren Sesseln vor dem Ofen. Ruby hatte ihr Haar hochgebunden und las in einem Katalog, dem Wunschbuch, wie sie es früher immer gemeinsam genannt hatten. Papa wirkte zusammengesunken und müde, seine harten, dicken Hände lagen auf den Knien.

Mama rief: »Ellie Pearl!«

Niemand wusste recht, was er sagen sollte, und Ellie Pearl öffnete auf dem Boden ihren Koffer und gab jedem sein Geschenk. Für Mama hatte sie ein Fläschchen Parfum gekauft und für Papa eine Ein-Pfund-Dose Velvet-Tabak. Ruby überreichte sie einen Ring mit einem blauen Stein in der Mitte und einem kleinen Band von Glasdiamanten darum herum. Der Ring passte an Rubys Mittelfinger, und Ruby gefiel er dort. Doch Ellie Pearl spürte, wie sich eine weite, traurige Kluft zwischen ihrer Schwester und ihr auftat, denn Ellie Pearl hatte in der Stadt gelernt, an welchem Finger ein Ring getragen werden sollte. Für Grandma hatte sie einen quadratischen Seidenschal mit blauen Rosen darauf gekauft, der einen Dollar gekostet hatte. Auch für die anderen hatte sie Geschenke dabei, aber ihr Bruder True war unten im *Grange* beim Tanz, und die anderen Kinder waren schon im Bett. Es war sehr schade, dass sie sie nicht schon heute sah, denn sie hatte nur eine Woche Ferien, und dann würde sie wieder in die Stadt zurückkehren.

Am nächsten Morgen zog Ellie Pearl ihr altes rotes

Kleid an, das sie letztes Jahr hier im Schrank zurückgelassen hatte, und ihre alten flachen Bergschuhe. Sie nahm den Wassereimer und ging hinaus zur Pumpe. Draußen unter den Eichen überraschten sie die Morgenkühle und der saubere Geruch der Luft. Sie wunderte sich, dass sie vergessen hatte, wie es war, morgens draußen zu sein, wenn der Himmel allmählich heller wurde und drüben im Osten sein Grau verlor. Sie bereitete die Pumpe vor und begann mit Armen, die das nicht mehr gewohnt waren, an der Eisenkurbel zu drehen, aber noch bevor das Wasser oben ankam, ergriff eine große braune Hand aus einem blauen Hemdsärmel die Kurbel. Sie ließ los, und True übernahm das Pumpen für sie, ganz der starke Mann.

True sagte: »Gehst du wieder zurück?«

»Natürlich«, antwortete sie. »Ich habe den Schreibmaschinenkurs abgeschlossen und arbeite jetzt für *Goldring und Söhne;* ich habe schon zwanzig Dollar gespart. Wenn es fünfzig sind, mache ich den Buchhaltungskurs.«

True sagte fast beiläufig: »Tige Tigard hat letzte Nacht Margaret Walton zum Tanz ausgeführt.«

»Na, lass ihn doch«, sagte Ellie Pearl und dachte, dass die Morgen hier oben in den Bergen ziemlich kalt waren, und schob Tige Tigard beiseite.

Mama sagte: »Ich bin froh, dass eines meiner Kinder genügend Mumm hat, um aus diesen Bergen wegzugehen.«

Papa sagte kein Wort.

»Ein Mann versteht so etwas nicht«, redete Mama weiter. »Hacken, backen, schrubben, waschen, kochen, von früh bis spät.«

Mama hatte acht Kinder, aber sie war schlank, ihr Bauch wurde weder schlaff noch dick wie der von so mancher faulen Frau.

Ellie Pearl hockte sich in der Mittagssonne auf die weiche Erde im Garten. Es war heiß, und das Unkraut roch staubig. Mama macht zu viel Aufhebens um den Job ihrer Tochter, beschloss Ellie Pearl, und darum, dass sie sich ein Herz gefasst hatte, weggegangen war und es sich so gut eingerichtet hatte. Fast schon so sehr, dass Ellie Pearl nicht einfach nach Hause kommen und sich dort daheim fühlen konnte; ihre kleinen Brüder, Henry und Loyal, und das Baby Sophia genierten sich und trauten sich kaum zu ihr.

Es war nicht so, dass ihre Mutter für Ellie Pearls Entscheidung verantwortlich gewesen wäre, obwohl sie sie immer ermutigt und dazu angehalten hatte. Sie, Ellie Pearl, hatte das alleine beschlossen, sobald sie gemerkt hatte, dass sie gut in der Schule war. Sie hatte gearbeitet und war für alles selbst aufgekommen. Jetzt besaß sie hübsche Kleider und teilte sich mit einem anderen Mädchen, das auch in ihrem Haus wohnte, einen Spiegel und eine weiße Badewanne. Und Mr. Brian hatte ihr gesagt, dass, wenn er einmal heiratete, seine Frau keine rauen, roten Hände haben müsse, denn er würde einen Geschirrspüler und andere arbeitssparende Geräte anschaffen.

Spät an diesem Sonntagnachmittag (Ellie Pearl war an einem Samstag nach Hause gekommen) rumpelte ein altes Auto über die Wurzeln auf dem Weg zum Haus. Es waren Ellie Pearls zwei verheiratete Brüder mit ihren Frauen, sie kamen zu Besuch, um sie zu treffen, und brachten eine Kanne Cider mit. Alle zusammen saßen auf der Veranda, und Ellie Pearl erfuhr die wichtigsten Dinge, die im vergangenen Jahr, das sie getrennt von ihnen verbracht hatte, geschehen waren.

True erzählte, dass Tige Tigard im April einen Berglöwen geschossen und dessen Fell habe abziehen lassen, um daraus einen Teppich zu machen. Er sah Ellie Pearl nicht an, aber er erzählte es nur ihretwegen. Mama rief alle zum Essen herein. Sie und Ruby hatten Kuchen und eine Ladung Eiscreme gemacht. Als Ellie Pearl den ersten Löffel davon probierte, überfiel sie eine Sehnsucht danach, wieder ein kleines Mädchen zu sein. Sie hätte am liebsten ihre Trauer herausgeweint, ihre Trauer um das, was verloren war, an die Zeit verloren, um das, was sie nie wieder zurückbekommen würde.

Erst am Dienstag kam Tige Tigard vorbei, und das auch nur, um ein Pferdegeschirr zurückzubringen, das er sich geliehen hatte. Es sah Tige Tigard eigentlich nicht ähnlich, dass er sich so sehr für Landarbeit interessierte, um sich ein Pferdegeschirr auszuleihen. Das war eine Überraschung. Tige würde immer eher in den Bergen jagen gehen. Bis sie ihn in den Garten reiten sah, hatte Ellie Pearl vergessen, wie groß er war. Da war er, stieg von seinem Pferd – ein großer, breitschultriger Mann mit längerem, dunklem, zurückgekämmtem Haar, einem kräftigen Mund in seinem sonnengebräunten Gesicht und mit den Augen eines Jägers, die immer weit hinausblickten über den Rand der Welt. Vor zwei Jahren hatte Tige Tigard die Anzahlung für ein Stück Land geleistet, etwas weiter oben, nahe dem Pass. Etwa zwanzig Morgen Bergwiese, durch die ein Bach floss, und auch ein beträchtliches Stück von unberührtem Bauholz gehörte dazu. Das Haus darauf war kaum mehr als eine Hütte, aber Tige hatte sich eine Veranda davorgebaut, wo er die Füße auf das Geländer legen und über das Tal hinabschauen konnte.

Tige Tigard trug ein sauberes blaues Arbeitshemd und ein Jagdmesser am Gürtel. Er stand eine Zeitlang neben Ellie Pearl im Garten, ohne etwas zu sagen. Dann fragte er Ellie Pearl, ob sie ihn am Samstagabend zum Tanz begleiten würde.

Ellie Pearl freute sich, dass Margaret Walton ihn offenbar noch nicht fest an der Angel hatte, denn sie hatte nicht das Gefühl, dass Margaret eine besonders gute Partie war, zumindest nicht für einen Mann wie Tige.

»Es wäre mir ein Vergnügen, wenn du mich zum

Tanz ausführen würdest, Tige Tigard«, sagte Ellie Pearl zu ihm.

Tige Tigard sah mit halb zusammengekniffenen Augen auf sie herab, und sie musste zu ihm aufblicken.

»Du redest ziemlich nobel daher, nicht wahr, Ellie Pearl?«, fragte er sie, und in seinen Augen glommen kleine Lichter wie ein Lächeln.

»Ich weiß nicht, warum ich mich nicht schön ausdrücken sollte, wenn ich doch weiß, wie es geht, Tige Tigard«, antwortete sie und wusste dabei gar nicht, warum sie so gereizt und schnippisch war.

Ellie Pearl war nervöser als nötig; immerhin war sie hier zu Hause, nichts sollte sie verunsichern. Manchmal war alles ganz einfach und vertraut, und sie war glücklich, wie zum Beispiel, wenn sie die alten Blechpfannen putzte und zum Glänzen brachte oder das frische Brot roch, wenn es aus dem Ofen kam. Aber manchmal, vor allem wenn sie den Berg hinaufstieg bis zum Granitfelsen, wo sie den Ausblick schon seit ihrer Kindheit immer am liebsten gemocht hatte, wenn sie dort auf dem harten Stein saß, dem gezackten weißen Fels mit den körnigen schwarzen und goldenen Einsprengseln, die ihn zum schönsten aller Felsen machten, wenn sie die kleinen, flitzenden Eidechsen beobachtete und der Himmel ein einziges reines, blaues Blatt über ihrem Kopf war, dann war die ganze Freude darüber vergangen und verloren. Und in ihrem Inneren herrschte nur Schmerz und Verlangen, ohne dass sie wusste, wonach.

Am Freitagmorgen erwähnte sie diese Sorgen gegenüber ihrer Grandma. Sie hatte der kleinen alten Frau einen Sessel in den Schatten der Eiche im seitlichen Garten gestellt, wo diese nun mit der Bibel auf dem Schoß saß. Grandma nahm die Bibel viel zu ernst, was ihr viel Kummer verursachte, dachte Ellie Pearl manchmal. Aber es hätte auch keinen Sinn, mit Mama zu reden; die hatte ihre festgefügte Meinung und wollte jenseits davon nichts hören. Oder mit True, der zufrieden war mit dem, was er hatte, und über nichts nachgrübelte. Und Ruby war zu jung und unbedarft.

Ellie Pearl setzte sich in das hohe grüne Gras, das kühl an ihren nackten Beinen lag. »Grandma, was stimmt nicht mit mir? Ich sollte glücklich sein, wenn ich hier bin, doch ich fühle mich einfach nur elend.«

Das gerunzelte Gesicht ihrer Großmutter zauderte und blickte sie dann ruhig an. »Du hast deine hübschen Dinge gekauft, Kind, und dafür zahlst du den Preis, zahlst du den Preis«, verkündete sie. »Was du aussäst, wirst du ernten. Ich habe den Wind gesät, als ich jung war, und ich habe den Wirbelwind geerntet, all die Jahre lang, in Staub und Asche. In Staub und Asche.«

»Meinst du, als du und Großvater vom Feuer vertrieben wurdet?«, fragte Ellie Pearl.

»Das, wonach du dich sehnst und woran du dich

klammerst, vertrocknet dir in der Hand«, sagte Großmutter, und ihre alten Hände wanden sich. »Mache deinen Handel mit dem Herrn, und deine Strafe ist das, was du bekommst, das, wonach du verlangt hast.«

»Aber ich weiß, was ich will«, versuchte Ellie Pearl ihr zu sagen. »Ich bin froh über alles, was ich getan habe. Nur bin ich nicht glücklich«, sagte sie schwach.

»Ich habe die Dinge dieser Welt gewählt«, leierte die alte Stimme wie aus weiter Ferne, wie aus der Vergangenheit. »Ich hätte meinen Spaß haben können, aber ich habe die Dinge dieser Welt gewählt. Das Königreich des Himmels ist eine Perle von hohem Preis«, jammerte sie mit ihrer dünnen Predigerstimme. »Veräußere alles, was du hast, und kaufe sie.« Ihr kleiner Kopf wurde müde auf ihrem Nacken.

Am Samstagmorgen vor dem Tanz drehte Ellie Pearl ihr blondes Haar auf Lockenwickler, die sie bei einem Billigladen gekauft hatte. Dann legte sie das silberne Abendtäschchen heraus und tat ein Taschentuch hinein.

Tige Tigard holte sie mit dem Auto ab. Es war nicht sein eigenes, er hatte es sich für den Abend geliehen. Er hielt ihr nicht die Tür auf und brachte sie nicht direkt zum Tanz, sondern fuhr über eine Seitenstraße nach Eagle Rock. Dort hielt er an, und sie stiegen aus. Wegen ihres Kleides wollte sie sich nicht auf einen Stein setzen, aber Tige nahm auf einem niedrigen Findling Platz und streckte seine

Beine vor sich aus. Er trug neue Levi's und ein rotes Karohemd, seine Unterarme waren stark, fest und bloß. Der Halbmond stand weit oben am Himmel, und sie konnte ihn deutlich sehen. Der weiße Granit unterhalb von einem Stück Kiefernwald floss dahin wie Wasser im Mondlicht.

»Ich habe mein Haus gestrichen«, sagte Tige.

»Ach ja?«, fragte sie. »In welcher Farbe?«

»Na ja, rot«, antwortete Tige. Es machte ihn wütend. »Rote Scheunenfarbe. Du glaubst doch nicht, dass ich mir Hausfarbe für sechs Dollar die Gallone leisten kann?«

Das hätte sie nicht fragen sollen, sie suchte nach einem anderen Thema. »Ein schönes Paar Stiefel hast du da an«, sagte sie, und schön waren sie tatsächlich, reichten bis zum Knie, sehr weich und hübsch.

»Handgenäht«, knurrte er. »Fünfunddreißig Dollar.« Und das machte ihn noch wütender. »Ach, du«, rief er, »du weißt doch überhaupt nichts!«

Ellie Pearl war ganz schrecklich zumute, weil sie schon jetzt stritten und weil sie ihn erniedrigt hatte. Sie ging ein paar Schritte Richtung Straße. Dann blieb sie einfach stehen und wartete. Ein Geräusch war zu hören, irgendwo in der Nacht, in der Ferne, weit oben und seltsam.

»Hörst du das?«, fragte sie, und Tige hatte es gehört und blickte auf. Einen Augenblick später konnte Tige etwas sehen und deutete darauf, aber sie entdeckte es nicht. Er kam zu ihr herüber und drehte ihren Kopf mehr Richtung Norden – und dort waren sie, hoben sich dunkel vor dem Licht des Mondes ab, ein weites V von Wildenten, die gen Süden flogen. Und während sie ausströmten, schwebte ihr unablässiges Geschnatter von oben aus dem Himmel zu den beiden auf die Erde herab wie gedämpftes Geplauder. Als die schmalen Linien Richtung Süden im Mondlicht verblassten und das Mädchen und der Mann sich ein wenig beruhigt hatten, erklang wieder das höhnische Geplapper in der Luft, und ein weiteres großes V und noch eines durchmaßen den Himmel. Die beiden standen sehr nah beieinander und sahen, ohne zu sprechen, zu, wie sie den Zenit überschritten und im Süden verschwanden, bis das letzte schwache Echo verklungen war.

»Früh«, sagte Tige schließlich. »Im Herbst wird es früh Frost geben.«

»Woher weißt du das?«, fragte Ellie Pearl eindringlich.

»Sie müssen ziehen«, gab Tige kühl zurück. »Es ist ein Verlangen.« Er hielt inne, denn die Scham hinderte ihn daran, bestimmte Dinge auszusprechen.

Ellie Pearl blickte in den Himmel auf. Sie legte ihre manikürten Hände auf Tige Tigards Unterarm, der sie umfasste, und spürte die langen, verschlungenen Muskeln wie starke Seile unter der braunen Haut, und sie schwankte, aber hielt sich an seiner stillen Kraft.

Dann drehte Tige Tigard sie zu sich um, seine

Hand an ihrer Taille. Er legte seine andere große Hand an ihren Hinterkopf und drückte ihren Mund entschlossen auf seinen. Sein Körper in dem roten Karohemd und der steifen Levi's drängte fest und lebendig gegen ihren, und er wiegte sie sachte vor und zurück, wobei seine Schultern wie ein Baum im Wind schwankten. Er roch nach Whiskey und Äpfeln, und Ellie Pearl bewegte sich wie die Erde in ihrer Umlaufbahn unter dem Druck des Mannes und der Berge und der Nacht. Oh, Tige Tigard, oh, halt mich fest und sanft! Leise Geräusche der Erde trommelten eine Melodie in den Ohren der beiden, die sich aneinanderklammerten. Ganz langsam und behutsam wurde Ellie Pearl klar, dass man mit den zwanzig Dollar auch eine Sau kaufen und mit der Schweinezucht beginnen konnte, dass man im nächsten Jahr Schinken und Speck haben und sie im Keller ihres roten Hauses mit dem Löwenfell aufhängen konnte, dort oben an der Bergwiese zwischen den Gipfeln.

Erste Liebe

Der Garten stand in voller Blüte und duftete so verschwenderisch im dunstigen Licht, bevor die Nebel aufrissen und die Sonne durchbrach, dass Anna es kaum ertragen konnte. Das Gras hing voller Tautropfen, durch die sie mit ihren nackten, jetzt nassen Füßen bis zu den am Rand gelegenen Beeten ging, wo die weißen Pfingstrosen wie große Popcornblüten explodierten, wo Mohn wie Feuer aufflammte und die Schwertlilien in samtig blauen Büscheln zitterten.

Nichts sonst war so majestätisch, so überwältigend. Anna konnte kaum fassen, dass die Blumen so plötzlich in einer solchen Schönheit erblühten. Sie wollte sich nicht damit abfinden, dass die Sonne sich zeigen, die Tautropfen auftrinken, den heißen Tag bringen und ganz unmerklich die kühle Perfektion der unzähligen Blütenblätter trocknen und trüben würde.

Alles ist perfekt eingerichtet, dachte sie, nur heute, an diesem einen Morgen, ist alles perfekt. Ein Schatten überzog ihre Gedanken, und ein grauer Vogel, ein scheuer Gelbschnabelkuckuck, schwebte über den Garten und breitete seinen Schwanz und seine Flügel weit aus, um seinen Flug zu bremsen. Einen Augenblick lang, ehe seine Füße aufsetzten und sich festklammerten, blitzten die Unterfedern der Flügel weiß auf, dann landete er, legte die Flügel an und saß, den Kopf ein wenig geneigt, auf der Lehne eines Gartenstuhls. Ein grauer Vogel in grauem Licht.

Nichts, was weiß und perfekt ist, ist von Dauer, dachte sie, und ein wilder Kummer überfiel sie bei diesem Gedanken. Solche Vorahnungen waren ihr in ihrer Jugend neu, dieses Bewusstsein von Trübung und Veränderung.

»Ich will es bewahren«, sagte sie laut und nachdrücklich, sie wollte die Zeit davon abhalten, jemals weiter voranzuschreiten, und betrachtete das wallende Gefieder der weißen, mit silbernen Tautropfen überzogenen Pfingstrosen.

Eine Stimme in ihrem Kopf sagte: »Das ist der Tag meiner Entzauberung, der Tag, der meinen endgültigen Kummer mit sich bringt, der Tag, bevor die letzten Schatten kommen, das weiß ich sicher.«

Sie blinzelte Tränen weg, und da standen die Blumen, weiß, gleißend golden und blau. Es kann sich nicht verändern, es darf sich nicht verändern, dachte sie, das ertrage ich nicht.

Vom Haus rief ihre Mutter nach ihr: »Anna«, und ihre Einsamkeit war zerstört. Die Stimme ihrer Mutter klang niemals ungeduldig, sondern immer auf eine gelassene Art ihrer selbst sicher, immer kontrolliert. »Anna, Liebes«, mit einem liebevollen, fast gesungenen Tadel, »hältst du das denn für klug?«

Damit meinte sie natürlich, dass Anna barfuß durch den Garten ging und zu wenig auf ihre Gesundheit achtete, auf dieses große Geschenk, das die jungen Menschen als Selbstverständlichkeit betrachteten. Und sie hatte natürlich recht, aber gleichzeitig hatte sie damit auch fürchterlich und unabwendbar unrecht. Anna senkte mit einer entschuldigenden Geste den Kopf und kam über das Gras zurückgeschlendert in den Morgensalon, wo die Familie beim Frühstück saß. Bei jedem Gedeck stand ein schlankes Glas Tomatensaft, und Anna sah, dass ihre Mutter die tulpenroten Untersetzer und die blauen getöpferten Schüsseln aufgedeckt hatte, die ihr so gefielen. Das war der Grund, warum sie Tomatensaft trinken musste: Orangensaft hätte die Farbkombination verdorben.

Anna schmunzelte darüber, dass sie ihre Mutter in diesen Dingen durchschaute, dass sie erkennen konnte, auf welch reizende Art ihre Mutter ihr Leben manipulierte, wie sie diese großzügige, schöne Oberfläche gestaltete. Aber darunter lauerte immer der Tomatensaft, die Tatsache, dass der Orangensaft, den sie alle lieber mochten, geopfert wurde zugunsten der Anordnung, die sie vor ihnen arrangierte. Wie ein Geschenk, dachte Anna.

Mrs. Jaines begann sofort mit ihrer gewinnenden und überzeugenden Art, Pläne für ein Abendbuffet im Garten zu schmieden. Sie hatte sich für jeden etwas Besonderes ausgedacht, etwas, das der bevorstehenden Party Glanz verleihen sollte: für Anna, dass sie mit den jungen McCrearys vor dem Essen Tennis spielen sollte – für die Kleinen, Paul und Frederick, Hot Dogs, die sie selber grillen durften; und um ihren Mann zu erfreuen, hatte sie eine alte Schulfreundin, Fran Adams, jetzt Fran Carruthers, eingeladen. (Dass die Carruthers in die Stadt gezogen waren, war der eigentliche Anlass für Mrs. Jaines Party.)

Fran war früher ein sehr hübsches Mädchen gewesen, und Mr. Jaines würde sich sicher an ihrem Anblick erfreuen, wenn sie ihr Äußeres über die Jahre hatte retten können. Mrs. Jaines pflegte sich, sorgfältig – wie das leise Rauschen eines Schmetterlingsflügels –, niemand außer Anna merkte das. Mrs. Jaines mit ihrer makellosen Haut hatte ihr Äußeres bestens über die Jahre gerettet, sodass die Menschen immer überrascht waren: »Es kann doch unmöglich sein, dass Sie eine 17-jährige Tochter haben?« Jedenfalls glaubte Mr. Jaines, dass das Fest und die Vorbereitungen nur für ihn stattfanden. Anna verstand nicht, dass er so blind sein konnte und nicht bemerkte, wie geschickt er um den Finger gewickelt wurde. Aber er ahnte tatsächlich nichts.

Anna war gereizt: »Wie um alles in der Welt soll ich nur mit Rob und Olive Tennis spielen?«

Ihre Mutter warf ihr einen kurzen, klugen Blick zu, mit dem sie direkt die Ursache ihrer Wut erfasste und ihre Hintergedanken entlarvte. Sie sagte nur: »Oh, ich habe ganz vergessen zu erwähnen, dass die Carruthers auch einen Sohn haben. Sicherlich kann er das Spiel komplettieren.« Sie erhob sich und sagte zu Anna, in der es immer noch brodelte: »Hilf mir beim Abräumen, Liebling, und komm dann mit nach oben. Ich habe dir gestern eine Kleinigkeit mitgebracht.«

Die Kleinigkeit erwies sich, nachdem der flache Karton geöffnet war, als ein Tenniskleid – ganz einfach und schlicht, genau wie Anna es mochte, in einem zarten Blassgelb, das hervorragend zu ihrem schulterlangen dunklen Haar passte. Anna keuchte und vergrub ihren Kopf an der Schulter ihrer Mutter. »Mami, ich bin eine fürchterliche Ziege.«

»Warum probierst du es nicht an?«, fragte Mrs. Jaines fast schon beiläufig. »Aber zerknittre es nicht. Ich dachte, vielleicht willst du es heute Nachmittag tragen«, sagte sie ohne den Hauch einer verborgenen Absicht.

»Es ist wunderbar«, sagte Anna. »Einfach nur wunderbar!« Sie küsste ihre Mutter und ging, wobei sie den Karton wie eine Schmuckschatulle vor sich trug und summte, befriedigt und wieder versöhnt den Flur hinab.

Ihre Mutter war sehr scharfsinnig, erkannte sofort, was zu ihr passte. Anna dachte: Ich verdiene keine Mutter wie sie. Sie ist wirklich zu nachsichtig mit mir, und als Dank werde ich zur verwöhnten Nörglerin.

Die Stimme ihrer Mutter drang durch den Flur zu ihr: »Vergiss nicht, deine Schuhe anzuziehen, ehe du runtergehst.«

Und mit einem Schlag war ihre euphorische Dankbarkeit wieder verflogen: Wenn ich doch nur ein Mal, zehn Minuten lang, ich selbst sein dürfte! Denn das war doch das eigentliche Problem. Mutter organisierte zu viel. Sie ließ die Dinge nicht einfach mal ihren Lauf nehmen, sondern brachte immer alles in eine hübsche, praktische Ordnung. Ich frage mich, ob sie jemals in die weiten, dunklen Abgründe schaut, ob sie die Angst und den Schrecken und das unerträgliche Ende der Dinge sieht. Sie wird nie verstehen, wie es schmerzt, dass das Weiß der Pfingstrosen welken muss. Etwas läuft ganz und gar falsch mit der Welt. Sieh dir die Dinge an, die von Dauer sind, wie Grabsteine – immer vergehen nur die schönen Dinge zu schnell, ein Morgen wie dieser oder die Schwertlilienblüten mit ihren pelzigen und gesprenkelten Höhlen in den Blütenblättern.

Als Anna um vier Uhr nachmittags nach einer ausgiebigen Dusche hübsch zurechtgemacht in ihrem gelben Tennisdress die Treppenstufen heruntergehüpft kam, war der Junge der Carruthers spazieren gegangen und nicht im Garten. Sie traf nur seine Eltern, die eher eine Enttäuschung waren. Anna ging zum Tennisplatz hinüber, wo Rob McCreary und seine Schwester Olive sich über das Netz Bälle zupassten, aber nicht spielten.

Rob kam sofort zu Anna herüber, während Olive einen wütenden Ball an ihm vorbeizischen ließ, weil er, sobald Anna erschien, seine Schwester immer auf der Stelle vergaß. Auch jetzt wurde sein freundliches, gutaussehendes Gesicht weich und demütig mit einer sanften, kindlichen Hingabe. Anna schenkte ihm ein kurzes Lächeln.

»Macht nur weiter!«, rief sie ihm zu, um Olive einen Gefallen zu tun. »Ich schaue einfach zu, bis unser verlorener Gast zurückkehrt, wohin auch immer er verschwunden ist.«

Rob sah sie an, obwohl deutlich war, dass er es eigentlich nicht wollte.

Ich sollte wirklich nicht so hart mit ihm sein, dachte sie, als sie sah, wie geknickt er war und wie er auf dem Platz nur herummurkste. Aber es gibt einfach Zeiten, in denen ich ihn nicht ertrage, vor allem nicht an so blauen, sauberen Tagen wie heute, Tagen zum Fahnenschwenken, Tagen, an denen alle Blumen erblüht sind.

Rob and Olive waren mit dem ersten Satz noch nicht fertig, als Mrs. Jaines sie rief, um ihnen den Jungen der Carruthers vorzustellen. Beim Pfingstrosenbeet sah Anna einen dünnen Burschen mit sandfarbenem Haar, nicht viel größer als sie selbst, mit ausdruckslosem, abwartendem Gesicht. Er sah ein wenig älter aus, vielleicht zwanzig, und wirkte ziemlich herablassend. Während Mrs. Jaines Olive und Rob vorstellte, sah der junge Mann Anna an, und sein Blick dabei war viel zu frech.

»Das ist Derek«, sagte ihre Mutter, »und das ist Anna«, wobei sie sie nach vorne zog, fast wie ein Henne, die einen Flügel hebt, ein wenig schelmisch, aber auch ein wenig vorsichtig, um der Welt ihr Küken zu zeigen. Nur unter den Augen der Mutter, verhieß ihr Blick. Mein kostbares Kind, sagte der Tonfall ihrer Stimme.

»Ich werde sie Ann nennen«, sagte der junge Mann mit kühler Stimme.

Sein Blick war auf Annas Augen haften geblieben, und die Frechheit und Unverschämtheit in seinen war überwältigend. Seine braunen Augen sahen direkt in ihr Innerstes, so bohrend, so gnadenlos und gleichzeitig so persönlich, dass sie ganz ergriffen war und nur denken konnte: Mein Gott, er kennt mich. Er erkennt mich auf der Stelle, im Geheimen, in meinem verborgenen Leben. Sein kühler Blick war so grausam intim. Ich bin allein, signalisierte er. Ich erlaube niemandem, sich mir zu nähern. Ich bin ungnädig und allein. Aber ich kenne dich, ich habe dich sofort erkannt. Wir beide gleichen uns, wir, die Jugend, die auf der dunklen Seite des Mondes lebt.

Seine Einsamkeit und sein Wagemut hoben sie beide von der selbstvergessen plappernden Gruppe ab, die um sie herumstand, sie waren allein an einem heiligen, ehrlichen und erbarmungslosen Ort. Und ihr zitterndes Herz sagte, von dieser Entdeckung erschüttert: Das ist es also, was Leben bedeutet, diese erste Erkenntnis des anderen. Mit einem scheuen und anerkennenden Blick gab sie ihm, ehe sie wieder die Augen senkte, ihr ganzes Herz und stand wehrlos in einer Flut der Freude, die sie gleichzeitig erschreckte.

Olive sagte gereizt: »Wir haben schon ewig auf dich gewartet, damit wir Tennis spielen können.«

Und der seltsame Junge sagte barsch. »Tennis? Ich habe nichts dagegen, wenn jemand dabei ist, der spielen kann. Aber Nieten kann ich nicht ausstehen.«

Oh, er war so unverschämt, so arrogant, so vollkommen anders in seiner rasenden, stolzen Eigenheit als der ganze gewöhnliche Rest der Menschheit. Derek, dachte sie, sein Name ist Derek. Ein Name voll wilder Schönheit.

Zu viert schlenderten sie zum Tennisplatz.

»Wo warst du?«, fragte Olive. »Warum bist du verschwunden?«

»Oh«, sagte er leichthin, »ich habe da unten einen Teich gefunden«, und Anna verspürte einen Augenblick der Glückseligkeit, denn der Teich mit den hängenden Weiden inmitten von Gestrüpp und wilder Natur war ihr Lieblingsplatz, wenn sie allein sein wollte.

»Der muss dir ja besonders gut gefallen haben, wenn du dort so lange herumgetrödelt hast«, sagte

Rob in seiner geistlosen Art, die ihn nie auch nur irgendetwas verstehen lassen würde.

»Warum sollte er ihm nicht gefallen?«, fragte Anna verärgert.

»Magst du ihn?«, wandte sich Derek harsch an sie und sah sie mit Augen an, in denen keinerlei Einladung lag.

Anna kratzte ihre ganze Aufrichtigkeit und ihren Mut zusammen und antwortete mit fester Stimme: »Du weißt doch haargenau, dass ich ihn mag.« Dann folgte wieder dieser Blick, an dessen Ende sie in Dereks Augen einen kleinen rauchigen Schleier der Befriedigung entdeckte.

Damit auf jeder Seite ein guter Spieler war, spielte Derek mit Anna, und auch das wirkte wie ein Wink des Schicksals. Zu Beginn fürchtete sie sich vor seiner Verachtung für schlechte Spieler, und als sie den Ball einmal ins Netz schlug, sagte er: »Was für eine Stümperei!« Aber er hatte ein fabelhaftes Gespür und übernahm die meisten schwierigen Schläge, indem er sich in einer Art wildem Tanz über den Platz bewegte. Seine zackige Stimme erteilte ihr Befehle, so rief er etwa: »Netz, Netz!«, oder: »Weiter weg, Ann!« Sie gehorchte, ließ sich von ihm anleiten und spielte deshalb besser als sonst. Sie gewannen zwei Sätze hintereinander, und dann war Derek gelangweilt und wollte nicht mehr weitermachen.

Auf dem Weg zurück in den Garten sagte Anna aus einem Gefühl heraus, dass etwas von ihr erwartet wurde: »Du spielst wunderbar«, und Derek gab lässig zurück: »Wenn ich mich dafür entscheide, etwas zu tun, dann mache ich es gut. Es begegnen mir bloß nicht viele Dinge, die der Mühe wert sind.«

Er ging schneller, sodass er zu Anna aufschloss, sprach sie direkt an und tippte mit einem Finger an ihr Kleid. »Du kleidest dich gut.« Sie errötete vor Freude, aber Derek hatte schon einen anderen Kurs eingeschlagen.

Der Tag war heißer geworden, die Luft schwerer, und im Westen türmten sich unheilvolle Gewitterwolken. Mrs. Jaines wies sie an, noch vor dem Essen reinzugehen und sich zu duschen, aber Derek gesellte sich zu den Männern um die offene Feuerstelle und bekam einen Highball. Er würde in seinem Tennisdress essen.

Anna beschloss, das gelbe Kleid zum Abendessen zu tragen (»Du kleidest dich gut«); dann wären sie ganz ähnlich angezogen. Aber während des Essens blieb Derek bei den Männern und schien sie völlig vergessen zu haben. Also war sie freundlich zu Rob und versuchte, nicht zu Dereks undurchdringlichem Rücken hinüberzustarren.

Mittlerweile hatten sich die Gewitterwolken ausgebreitet und verdunkelten den halben Himmel. Ein starker Wind kam auf, der die Papierservietten in den Garten wehte. Alle sammelten rasch die Sachen zusammen und eilten zum Haus. Gerade als sie die schützende Veranda erreichten, fegte eine Böe über sie hinweg, der Regen setzte ein und schlug auf das Dach mit einem solchen Dröhnen, dass ihre Stimmen darin untergingen. Anna genoss es. Sie stand am Geländer und erschauderte angesichts dieser Naturgewalt. Ein Feuerstrahl zuckte mit einem Zischen durch das Schwarz, das knisternd in einen Donner überging, so nah, dass das Haus darunter erzitterte. Jemand sagte: »Das ist zu nah«, und alle gingen hinein.

Anna schüttelte ihr feuchtes Haar, und ihr Übermut führte sie zu Derek hinüber ans Feuer. »Ist es nicht großartig?«, fragte sie.

Wie er so locker und überheblich beim Feuer stand, von Wind und Regen ein wenig klamm und zerzaust, sah er so wild und schön aus, dass ihr Herz dahinschmolz und sie die Liebe in ihrem Blick erstrahlen ließ, der ihn einlud, sie und ihre Freude zu empfangen. Nur war das Wunder verblasst, denn während seine Augen wieder in ihr Innerstes blickten, sahen sie diesmal ihr Verlangen, wie sie zu ihm drängte, und ein kleiner Schleier legte sich über seine Pupillen, als er lächelte – für sich selbst und nicht für sie.

»Ja, es ist hübsch«, sagte er trocken und sah dabei gelangweilt vor sich hin.

Ein kalter Regenschauer schien über Anna herabzugehen. Aber ihre Liebe flammte weiter auf und kämpfte lautstark gegen diese Kühle an. Sie redete munter drauflos, ließ ihren Mund glücklich lächeln, während ihr Geist pulsierte.

»Bei Gewittern gehe ich immer raus«, sagte sie. »Meine Familie hält mich für völlig verrückt deswegen, aber ich tue auch sonst oft verrücktes Zeug, das sonst niemand macht. So bin ich eben.«

Ihre Worte klangen falsch, hohl und kindisch, lauter Zeug, das sicher nicht gesagt werden musste. Denn sie versuchte ihn zurückzuholen, den Blick in Worte umzuwandeln, doch alles, wonach sie sich sehnte, wurde plötzlich welk und erstarb. Verzweifelt drehte sie sich zum Feuer und neigte den Kopf, schüttelte das dunkle Haar in der Wärme, sodass das Feuer es erleuchtete und zum Schimmern brachte.

Süffisant und sehr leise sagte er: »Ich mag keine langen Haare.«

Die Worte waren ein Pfeil, von ihm zugespitzt und mit Federn besetzt, direkt auf ihre Brust gerichtet. Sie erbleichte, als er sie traf, ihr Herz vertrocknete, und in ihren Augen erglühten sofort heiße Tränen. Er war grausam, er war grausam. Sie hasste ihn. Eine Gedichtzeile versetzte ihr Peitschenschläge: *Ich fall auf Schwerter – ich verblute hier!* Er hatte sie mit voller Absicht zerstört, und sie liebte ihn.

Mrs. Jaines sagte, als sie mit einer Kanne Kaffee durch die Tür trat: »Anna, du frierst ja. Du siehst schon ganz krank aus. Geh und zieh dich sofort um.«

Auf ihrem Zimmer war Anna wie versteinert, unfähig zu weinen. Sie konnte noch nicht begreifen, was geschehen war, warum er nicht gewollt hatte, wonach er so kraftvoll verlangt hatte. Er hatte sie hochgehoben, sich mit ihr in seine wilden Höhen aufgeschwungen und sie einfach zwischen die kahlen Felsen fallen lassen.

Er war grausam. Aber das hatte sie von Anfang an gespürt. Zum Teil trug sie selbst Schuld daran, dass sie so dahingeschmolzen war, und sie errötete vor Scham. Auch wenn er es gewollt hatte. Er hatte es verlangt. Und jetzt blieb ihr nur die Wunde des Schnabels an ihrer Seite, das Schwirren der sich entfernenden Falkenflügel. Sie würde ihn für immer lieben. Diesen Kummer würde sie ihr ganzes Leben lang mit sich tragen, niemand würde je davon erfahren. Sie erinnerte sich an ihre Vorahnung am Morgen: Alle Herrlichkeit ist vergänglich.

Als sie das Wohnzimmer wieder leise betrat, verabschiedeten sich die Carruthers gerade, und Derek spielte selbstverloren auf dem Klavier. Alle erhoben sich, um zu gehen, außer Rob. Derek verabschiedete sich von Annas Eltern, blieb dann vor Anna stehen und sagte passiv: »Ciao, Ann. Nettes Spiel.«

Anna wollte bitter aufschreien: »Nein, das war es nicht. Es war kein nettes Spiel. Es war nicht fair!«, aber sie setzte ein steifes Lächeln auf, auch wenn ihre Augen ihm ihren Kummer verrieten. Sie sagte: »Bye«, und sah zu, wie er aus der Tür trat, frech und unbekümmert, ohne einen Blick zurück.

Sowie er verschwunden war, wurde ihr klar, was sie hätte sagen sollen. Leichthin, mit einem Hauch seines Hohns hätte sie sagen sollen »Ach ja? Ich fand, es war ein wenig einseitig.« Das hätte seine Langeweile durchbrochen, sie hätte seine Augen aufglimmen sehen, amüsiert und respektvoll, ehe er ging, ehe er sie für immer verließ.

Ihre Eltern kamen zurück ins Haus, und Mrs. Jaines bemerkte, dass die Carruthers ein wenig enttäuschend waren. Rob tat seinen Unmut kund und sagte, dass dieser arrogante Junge, Derek, einfach allein losgezogen sei und das Tennis verdorben habe. Mr. Jaines war der Meinung, dass der Junge schlecht erzogen war, ein selbstsüchtiger Schnösel. Anna sagte, dass Derek besser Tennis spielte als sie alle zusammen.

»Ich glaube, Anna steht auf ihn«, kicherte Frederick.

»Halt den Mund!«, fuhr Anna ihn an, und Mrs. Jaines sah sie neugierig und eindringlich an. Es würde nicht einfach werden, das wurde Anna jetzt klar, ihr Geheimnis zu bewahren.

Anna setzte sich auf das Geländer. Ein Dunst vom Regen berührte ihr Gesicht, der Himmel weinte für sie, gleichmäßige kalte Tränen, und sie blickte hinaus auf den sturmzerzausten Garten.

Wie viel musste sie in Erinnerung behalten, bewahren, von all der Lieblichkeit, dem Schmerz? Er hatte kaum direkt mit ihr gesprochen. Abgesehen von den Befehlen während des Spiels hatte er nur vier Dinge zu ihr gesagt: »Ich werde sie Ann nennen«, »Magst du ihn?«, »Du kleidest dich gut« und, unerträglich, aber voller Absicht: »Ich mag keine langen Haare.«

Das war natürlich nicht alles. Das war gar nichts. Aber über das andere konnte man nicht sprechen. Man konnte es nur fühlen, es fühlen und erleiden. Der Blick seiner Augen, das Wissen und die Tatsache, dass er sie hatte verletzen wollen, dass er es genossen hatte, sie zu verletzen. Sie war versucht, sich Rob zuzuwenden und lieb zu ihm zu sein, damit er sie weiter anhimmelte.

Aber selbst den Schmerz, die Wildheit des Kummers wollte sie nicht loslassen. Das war immer noch besser, als zuzulassen, dass Rob sie tröstete. Der Schmerz und das Glück waren auf seltsame Weise miteinander verwoben. Sie würde sich der Qual nicht verweigern, denn die war alles, was ihr blieb. Sie starrte hinaus in den Regen. Die Pfingstrosen waren zerstört, und ein Teppich aus durchweichten Blütenblättern säumte das Gras.

Auf die Schönheit folgte immer das unerträgliche Ende der Dinge. Bei ihrem dunklen Flug hatte sie gelernt, dass das Leben unter der Oberfläche unerträglich armselig ist, dass sie immer ihre Hände ausstrecken würde nach dem Ding, das nie in ihren Fingern bleiben würde.

Nur die Liebe dauert an, dachte sie voller Schmerz und wendete den Kopf von Rob ab, um eine Träne zuzulassen, merkte aber, dass sie nicht weinen wollte. Weinen und Selbstmitleid sollte man Kindern überlassen, die noch nicht beide Gesichter des Lebens gesehen haben. Denn obwohl sie wusste, dass sie womöglich mit der Zeit ihrem Vater darin recht geben würde, dass Derek ungezogen und ein selbstsüchtiger Schnösel war (wie sie es auch schon zu Beginn geahnt hatte), würde sie sich nichts mehr vormachen oder sich zum Trost belügen, da sie nun gelernt hatte, dass Ablehnung und Verlust die dunkle Seite des Mondes sind.

Ein Auto fuhr die Auffahrt herauf. Die Carruthers hatten etwas vergessen und waren zurückgekommen. Anna sagte »Entschuldige mich« zu Rob, glitt vom Geländer und ging hinein und in ihr Zimmer hinauf. Nicht um sich zu verstecken. Es gab nur einfach keinen Grund, ihn noch einmal zu sehen. Sie wollte weder Genugtuung von ihm, noch dass er sein Versprechen erneuerte. Von unten waren Stimmen und Schritte zu hören. Ein Stuhl kratzte am Boden, dann Stimmen auf der Veranda, darunter auch Dereks. Sie rührte sich nicht. Sie wartete still im regnerischen Licht in einer Art Erfüllung, einem ernsten innerlichen Erblühen, bis sie hörte, wie der Wagen wieder abfuhr.

Die sterbende Rose

Es war fünf Uhr nachmittags, und die Schatten in dem großen Wohnzimmer wurden langsam bläulich. Alice Arnold fragte sich ein wenig nervös, ob sie nicht doch das Feuer anzünden sollte, das bereits vorbereitet im Kamin wartete; die Holzstücke waren hinter dem schimmernden Messing des Kaminbocks ordentlich über Kreuz gestapelt, sie sahen aus wie eine Blockhütte für Kinder. Nur hantierte Mrs. Tevis immer noch mit dem Staubtuch in der Hand herum und hob sehr, sehr vorsichtig das Dresdner Porzellan vom Kaminsims, fuhr sanft mit dem weichen Tuch darüber und stellte es mit zaghafter Genauigkeit wieder zurück, trat dann mit geneigtem Kopf einen Schritt nach hinten, um sich das Arrangement anzusehen – wie ein dünnes gerupftes Huhn, ging es Alice durch den Kopf –, nickte zufrieden und ging dann langsam in ihren dicken, hässlichen alten Stiefeln durch das Zimmer zu dem bronzenen Elefanten auf Roberts Rauchtischchen und strich sachte darüber. Ein zarter, kurzer Hauch mit dem Lappen in ihrer bebenden alten Hand.

Damit ist sie nun schon den ganzen Nachmittag beschäftigt, dachte Alice, und ihre Augen wanderten in die Ecken des Zimmers, wo der Boden eindeutig noch nicht gewachst, ja nicht mal gefegt worden war. Warum um alles in der Welt hatte Maud sie nicht gewarnt? Aber in ihren Augen lag mehr Verwirrung als Ärger, während sie Mrs. Tevis' unsteten Fortschritt mit dem Staubtuch verfolgte. Ich bezahle sie für den ganzen Tag, sagte sie sich, durchaus ein wenig überrascht, weil in diesem Gedanken bei dem Blick über den halbgeputzten Raum mehr Zuneigung als Verdruss lag – ja, es war fast so etwas wie Zuneigung.

Als Maud gehört hatte, dass Alices fleißige Perle Lydia zwei Wochen lang verreisen musste, um sich um eine kranke Schwester zu kümmern, hatte sie einen Augenblick lang überlegt und dann schnell gesagt: »Natürlich kannst du immer Mrs. Tevis beschäftigen. Sie braucht Arbeit, das arme Schäfchen. Und sie ist ein Herzchen, ehrlich, auch wenn …«

Das »auch wenn« hätte mich warnen müssen, dachte Alice, aber Lydia war schon seit drei Tagen weg, und das Haus war in einem ziemlichen Zustand; also hatte sie Mrs. Tevis geholt. Die Türklingel hatte sie um neun Uhr angekündigt, direkt nachdem Robert ins Büro aufgebrochen war. Alice war nicht auf dieses winzige, verhüllte Bündel von einer Frau vorbereitet gewesen, deren Kleidung eher so aussah, als wäre sie in Schichten um sie gewickelt als ordentlich angelegt worden, deren knöchellange Kleider – es mussten mindestens drei Säume sein, die da jeweils ein paar Zentimeter unterhalb des nächsten baumelten – immer noch nicht lang genug waren, um die riesigen Stiefel zu verbergen, eine Art rissige Gummigaloschen mit zerbrochenen Metallklammern über dem Spann, die ihre Füße umschlossen. Den ganzen Tag über hatte sie diese Stiefel nicht ausgezogen und schlurfte so vorsichtig vor sich hin, dass Alice sich schon fragte, ob sie darunter noch ein Paar Schuhe trug. Das war natürlich absurd, aber verwundert hätte es sie durchaus nicht.

Doch Mrs. Tevis' Gesicht erlaubte kein Mitleid. Mrs. Tevis hatte Würde. Ihr spitzer kleiner Mund, aus dem so kultiviertes Englisch kam, ihre blassen Augen, freundlich und ein wenig unscharf, aber von einer Art vertrauter Verzweiflung, wie sie immer wieder über alles im Zimmer glitten, auch über Alices Gesicht, bei dem sie kaum verweilten. Die Falten, die von dem sauberen, knochendünnen Kiefer hingen, ihre winzigen, verdrehten Hände mit den braunen Altersflecken auf den Handrücken – all das wurde von einer Art fernen Kraft zusammengehalten, einer verblichenen Distinktion, dem Flüstern von entlegenen, längst verfallenen Salons, die Alice unvermittelt in eine untergeordnete Position verwiesen.

»Nun, was kann ich für Sie tun, Mrs. Arnold?«,

hatte Mrs. Tevis gefragt, nachdem sie sich aus den äußeren Schichten ihrer nestartigen Hülle gewickelt hatte. Zuoberst ein formloser brauner Regenmantel, dessen Schoß nach hinten gefaltet war und an die leere Gürtelschlaufe rechts mit einer Art Schnürsenkel gebunden war, darunter ein an den Ellbogen abgewetztes Tweedjackett für Herren. Alice hatte Mrs. Tevis etwas beunruhigt durch den Flur in die Küche geführt, wo sie ihren ursprünglichen Plan hatte fahrenlassen, dem zufolge die Aushilfe als Erstes den Boden wischen sollte. Stattdessen brachte sie die Schublade mit dem Silber, die Politur und die Lappen an.

»Kann ich mich hier setzen?«, hatte Mrs. Tevis gefragt und zum Frühstückstisch gedeutet, auf dem noch das schmutzige Geschirr stand, woraufhin Alice selbst das Porzellan zusammenstellte, schnell eine Handvoll Messer, Gabeln und Löffel nahm, sie aus dem Weg räumte und in die Spüle stellte.

»Meinetwegen bitte keine Eile, meine Liebe«, hatte Mrs. Tevis sanft insistiert, während ihre Hände so zierlich auf ihren dünnen Knien ruhten. Und Alice hatte mit vollen Händen plötzlich gespürt, wie in ihr viele gemischte Gefühle aufstiegen, darunter ein Teil Heiterkeit, ein Teil Entrüstung und ein Teil zarter, kaum wahrnehmbarer Freude.

»Reizend«, sagte Mrs. Tevis gewichtig und ließ ihre winzige Hand über das Silber flattern. »Was für ein hübsches Muster.« Sie nahm einen Löffel in die Hand und begann mit einem Klecks Politur immer wieder über den Griff zu tupfen. »Es ist jammerschade«, fuhr sie nach einer Weile fort, in der ein und demselben Löffel ein fast feenhaftes Auftupfen von Politur widerfuhr, »es ist jammerschade, dass das moderne Silber so dünn gemacht wird. Als ich ein junges Mädchen war, hatten wir zu Hause so wunderbare schwere Löffel.«

Alice fragte sich am Spülbecken, mit den Händen im Seifenwasser, einen Augenblick lang, ob die alte Dame sie absichtlich von oben herab behandelte. Nein, nicht wirklich. Sie hat so etwas an sich. Sie weist mich in meine Schranken, ohne es so zu meinen. Ich gehöre eindeutig zur Mittelschicht, und es ist wirklich erstaunlich, wie sie einen das spüren lässt, wo wir in diesem Land doch gar nicht in diesen Kategorien denken. Sie blickte zu dem geneigten grauen Kopf am Frühstückstisch, dessen Haar ziemlich dünn und an den Spitzen fast katzenhaft gelockt war (Lockenstab – mit nichts anderem bekam man das so hin), und zu dem gelassenen, eingefallenen Gesicht, dessen runzlige Haut kaum mehr als ein Schatten über dem durchschimmernden Skelett war, zu der geraden, schlanken Nase, den schlaffen Nasenflügeln und der grotesken Decke aus Kleidern. Wie seltsam sie doch ist, dachte sie. Aber Maud hatte recht, irgendwie war sie ein Schäfchen.

Das Polieren des Silbers ging ohne erkennbaren Fortschritt weiter, Mrs. Tevis legte jedes auf Hochglanz gebrachte Stück vorsichtig und sorgfältig in seine Kuhle zurück, und ihre Finger schwebten über jeder fertigen Gabel und jedem Löffel gleichsam in einer zittrigen Segnung, ein kleiner Moment der Freude und Erleichterung, der ausgekostet und erfüllt werden musste, bevor sie sich still dem nächsten zuwandte.

Alice erfuhr am Vormittag, als sie auf ihren Knien den Küchenboden schrubbte (»Bitte, liebe Mrs. Arnold, ich muss mich an einen anderen Ort setzen, Mrs. Arnold, damit Sie hier wischen können. Ich will Ihnen keinesfalls auch nur einen Augenblick lang im Weg sein.«), viel über Mrs. Tevis' Vergangenheit. Oder vielmehr machte Mrs. Tevis sich daran, Bruchstücke von Reichtum und winzige Sträußchen der Erinnerungen zusammenzufügen. Sie musste sich einst in sehr distinguierten Kreisen bewegt haben; große Namen perlten mit einer wehmütigen Beiläufigkeit von ihren Lippen, die nicht nur erfunden sein konnte, um zu beeindrucken. Sie schienen sanft aus der Vergangenheit herbeizuschweben und sich um ihren seltsamen Kopf zu winden wie ein Nebel, in dem sich lebendige Figuren bewegten.

»Wir waren bei dem lieben John – Mr. Galsworthy. Sein Tod war ein solcher Schlag für uns.« Ein Seufzen, und die ausgetrockneten Hände flatterten über dem Silber. »In diesem Jahr sahen wir Cézanne in Aix mehrere Male. Er sah so alt aus. Ich bin mir sicher, er wusste nicht, dass er bald sterben würde.

Er brachte mir einige wunderbare Dinge über Farben bei. Damals malte ich, wissen Sie? Obwohl er auch oft missmutig war. Eines Tages hat er etwas ganz wunderbar Liebenswürdiges zu mir gesagt. Ich hatte mich darüber gewundert, dass er so viele Studien auf einer Stelle machte, und er sagte: ›Sie müssen nur den Kopf ein wenig drehen, und alles wird neu – *tout devient frais.*‹ Ist das nicht großartig? Nevin, mein geliebter Gatte, und ich haben uns diese Worte immer wieder gesagt: Du musst nur den Kopf ein wenig drehen, und alles wird neu.« Sie lächelte, und Alice war überrascht von dem Leuchten, das auf ihrem spitzen Gesicht erstrahlte. Sie brauchte drei Stunden für das Silber.

Nach dem Mittagessen, das Alice zubereitete und das ihre Helferin mit derselben Besonnenheit, derselben zittrigen Geziertheit verspeiste, wurde Alice streng und trug Mrs. Tevis auf, den Abwasch zu machen.

»Aber meine Liebe, nur zu gern, bitte überlassen Sie es mir.«

Mrs. Tevis verlor sich eine ganze Stunde lang im Schaum des Spülbeckens. Dann überlegte sich Alice, was am Nachmittag anstand, und bat sie, das Wohnzimmer zu säubern. Sie ließ sie dort mit einer Menge Wischlappen, Staubtüchern, Polituren, Wachs und einem Wischer zurück und nahm das Auto, um für zwei Stunden in die Stadt zu fahren, was dringend nötig war.

Als Alice um kurz vor fünf zurückkehrte, war Mrs. Tevis immer noch an der Arbeit. Diese alten Stiefel bewegen sich so langsam wie die Jahre, dachte Alice, aber ihre Hände eilen. Sie sausten so schnell, mit einer solch zittrigen Hast, und trotzdem schien sie nie irgendein Objekt zu berühren, dem sie sich näherte. Ich frage mich, ob sie überhaupt etwas getan hat.

Es klingelte an der Tür. Mrs. Tevis unterbrach ihre Besichtigung, stand still da und lächelte.

»Das wird wohl Mr. Tevis sein, der kommt, um mich abzuholen.«

Sie blickte ruhig zu den verstreuten Putz-Utensilien, die immer noch im Wohnzimmer herumlagen. »Ich frage mich, meine Liebe, ob Sie mir helfen könnten, diese Dinge zu verräumen? In diesem Zustand kann man das Zimmer ja keinem Gentleman zumuten, nicht wahr?«

Ihr Lächeln war zuversichtlich, und Alice sah, dass sie plötzlich sehr glücklich war. Wie zwei Verschwörer räumten sie eilig die Putzausrüstung in den Schrank zurück.

Alice empfing Mr. Tevis an der Tür. Er war groß, überraschend gut aussehend für einen alten Mann, mit roten Apfelbäckchen und den freimütig blickenden blauen Augen eines Kindes. Er trug einen ordentlichen, sehr weißen Kinnbart, der ihm ein erlesenes Äußeres verlieh, und war schick gekleidet, mit neuer Krawatte, makellosem Leinen und gestärktem Hemdkragen, der deutlich höher war, als Männer ihn heutzutage tragen. Sein Auftreten war … Alice verwarf das Wort »verwegen« zugunsten von »hofmännisch«, das es besser traf, aber er hatte etwas von beidem. Er hielt ihre dargebotene Hand und verbeugte sich darüber.

»Sie sind also die kleine Mrs. Arnold. Was für ein hübsches Ding Sie sind, meine Liebe.«

Ohne Aufforderung wandte er den Kopf und blickte ins Wohnzimmer, wo Mrs. Tevis wartete, und er rief mit voller, glücklicher Stimme: »Bertie, Bertie, meine Liebe, da bist du ja, wie schön!«

»Wollen Sie nicht hereinkommen?«, hörte sich Alice sagen.

Mr. Tevis strahlte auf sie herab. »Ein kleiner Besuch«, rief er, und seine Stimme war tief und maskulin, wie sie jetzt bemerkte, und ohne jede Arglist, »eine kleine Aufwartung. Reizend, sehr reizend. Bertie, meine Liebe, ein weicher Sessel für dich. Jaja, ein weicher Sessel, den brauchst du. Du siehst müde aus.« Er zog einen gelben Polstersessel herbei, und Mrs. Tevis setzte sich mit stillem Vergnügen darauf.

»Sehr hübsch haben Sie es hier«, erklärte Mr. Tevis und streckte an seinem Platz auf dem Sofa seine langen Beine vor sich aus. Alice sah, dass seine Schuhe abgetragen waren – geputzt, aber die Absätze waren abgetreten und beide Sohlen dünn. »Gerade gestern Abend habe ich über euch junge Leute gesprochen. Mit Eli Strohman. Sie kennen ihn, nicht wahr?«

Eli Strohman war in der Stadt bekannt als erstklassiger Kunstkenner und -sammler, und die jungen Arnolds (Robert etablierte sich gerade mit seinem Architekturbüro) kannten ihn nurmehr flüchtig.

»Wir kennen uns nur ein wenig«, sagte Alice.

Mr. Tevis zog seine Beine zu sich und beugte sich über seine hohen Knie zu ihr; seine Stimme nahm einen vertraulichen Tonfall an.

»Er hält große Stücke auf Ihren jungen Gatten, meine Liebe«, sagte er. »Ganz große Stücke.«

Alice wurde langsam ein wenig unbehaglich zumute, fast ein wenig argwöhnisch war sie, angesichts von Lebensläufen und Namen, die fast zu phantastisch waren, um ganz real zu erscheinen. Galsworthy, Cézanne, Strohman – aber plötzlich wurde sie abgelenkt, weil sie in diesem Augenblick den Schlüssel ihres Mannes im Schloss hörte und er sie hier mit diesen Tevises vorfinden würde.

Die beiden Männer schüttelten sich die Hände.

»Ich habe gerade Ihrer Frau erzählt«, sagte Mr. Tevis fröhlich, »dass gestern Abend Eli Strohman von Ihnen beiden gesprochen hat.«

»Ach, tatsächlich?«, fragte Robert Arnold. Er warf seiner Frau einen kurzen Blick zu und sah, dass auf ihrem Gesicht eine eindringliche Bitte lag, obwohl ihre Augen ein wenig zwinkerten. Er grinste zurück. »Wie wäre es mit einem Cocktail, Allie?«, fragte er. »Meinst du nicht, die Tevises würden auch einen nehmen?«

»Das klingt wunderbar!«, stimmte Mr. Tevis zu, nickte mit seinem adretten weißen Kopf und legte in einer Geste des Beifalls seine Hände aneinander.

Aber Mrs. Tevis murmelte, flüsterte fast: »Oh, aber bitte nichts Starkes. Ein kleiner Sherry vielleicht?« Hoffnungsvoll blickte sie zu Alice. »Trocken«, fügte sie hinzu.

Die Arnolds wechselten noch einen Blick.

Alice war in der Küche, wo sie einen Teller mit Kanapees vorbereitet hatte. Für Mrs. Tevis hatte sie Sherry eingeschenkt und fügte den Cocktails gerade noch einen letzten Schluck hinzu, als sie bemerkte, dass Mrs. Tevis ihr gefolgt war.

Die kleinen fleckigen Hände zitterten wieder, und Mrs. Tevis murmelte: »Ich frage mich …« Alice hielt mit dem eiskalten Cocktail-Shaker in den Händen inne. Mrs. Tevis' Mund war schlaff geworden, aber sie fasste sich. »Meine Liebe«, sagte sie mit fester Stimme, »ich frage mich, ob ich Sie um einen großen Gefallen bitten darf.«

»Ja, natürlich«, begann Alice, »wenn es etwas ist, das ich einrichten …«

»Meine Liebe«, Mrs. Tevis zögerte. »Es ist ziemlich unangenehm, wissen Sie, es geht nämlich um meinen Lohn.«

»Oh, natürlich«, rief Alice hastig und ein wenig erschrocken aus. »Es tut mir sehr leid. Natürlich bekommen Sie den. Ich wollte ihn nicht unterschlagen. Nur sind gerade die Männer hereingekommen, als

Sie noch an der Arbeit waren. Selbstverständlich bezahle ich Sie.«

»Ich fürchte, Sie verstehen nicht ganz«, sagte Mrs. Tevis. »Es ist so außerordentlich schwierig.« Ihre Augen trafen die von Alice, und hinter dem gefassten, zerfurchten alten Gesicht lag in den blassen, von der Zeit gebleichten Augen Furcht, eine schreckliche Angst. »Es ist nur«, murmelte sie, »dass es so viel angenehmer wäre für Mr. Tevis, wenn Sie es mir nicht in seinem Beisein geben könnten.« Ihr Atem strömte aus ihr wie der letzte Dampfstoß aus einem alten Kessel.

»In Ordnung«, stimmte Alice ein wenig verwirrt zu. »Ich habe mein Portemonnaie nicht in der Küche, aber wenn Sie möchten, kann ich Sie mit in mein Schlafzimmer nehmen, bevor Sie gehen. Ich wollte es wirklich nicht vergessen.«

»Sie hätten es niemals vergessen, meine Liebe«, sagte Mrs. Tevis ernst. »Sie sind ein sehr reizendes Kind«, und ihre Hände nahmen wieder ihr unschlüssiges Flattern auf.

Alice sagte schnell: »Vielleicht wollen Sie mir helfen. Wären Sie so gut und tragen Sie diese hier hinein?« Damit überreichte sie ihr den Teller mit den Kanapees. Ich fange schon genauso an zu reden wie sie, dachte sie bei sich, als sie der kleinen schlurfenden Figur folgte und mit dem Tablett mit dem Shaker und den Gläsern ins Wohnzimmer kam.

Robert hatte das Feuer im Kamin angezündet,

lehnte sich zurück, rauchte seine Pfeife und hörte Mr. Tevis zu. Und Mr. Tevis war in seinem Element, sein rötliches, edles Gesicht war lebendig, strahlte vor Vergnügen, und seine langen, weißen Hände gestikulierten fröhlich zu seinen Worten. Er redete von der Bretagne, bemerkte Alice, als sie die Gläser verteilte. Nein, plötzlich war er in Paris, in einem Paris der Vergangenheit; aber das Netz, das er spann, war leichter, luftiger als das kleine Gebinde von Erinnerungen, das seine Frau am Vormittag erschaffen hatte. Sicherlich waren sie dort gewesen, aber wie er alles ausschmückte! Die großen Namen fielen, blitzten kurz auf und waren sogleich wieder verschwunden – Monet, Degas, Denis –, ein Schwall von Anekdoten, kleine persönliche Anspielungen, so flink und flüchtig wie die Posen eines Balletttänzers. Da, schon wieder – Renoir.

»Und Bertie«, rief er plötzlich mit einer Verbeugung zu seiner Frau gewandt. Sein stolzer Blick machte sein Gesicht sehr sympathisch. »Sie war ziemlich berühmt, wissen Sie?«

Mrs. Tevis neigte als Antwort leicht den Kopf, wie ein kleiner ernster Buddha, und dann war ihr Mann schon wieder weiter, im London seiner Zeit, wo Namen aus der Literatur fielen und das hauchzarte Erinnerungsgebilde wieder aufstieg.

Alice blickte zu ihrem Mann. Alles war in Ordnung, er amüsierte sich, sie entspannte sich und konnte es genießen. Was für ein wunderbarer alter

Schwindler der Mann doch war! Ein wirklich amüsanter Geschichtenerzähler, seine Stimme, seine glückliche Stimme, die genüsslich bei jedem Detail dieser längst vergangenen Zeit verweilte und sie lebendig machte: die Marmorsäulen, die überfüllten Straßen Londons, Nebel auf der Themse und die Schiffe. Ein intuitiver Geistesblitz verriet ihr, dass dies der einzige Erwachsene war, den sie kannte, der glücklich war, wie ein Kind glücklich ist: in den Augenblick verloren, eingehüllt in das eigene Vergnügen. Das Leben muss ihm alles gegeben haben, was er wollte, dachte sie – alles. Und dann blickte sie wieder auf die Tevises in all ihrer Schäbigkeit und dachte, wie absurd das doch war.

Der alte Mann war wirklich ein begnadeter Erzähler. Das diamantene Thronjubiläum von Königin Victoria. Das war doch in den 1890ern, oder nicht? Wie alt waren sie wohl? Ich frage mich, ob er älter ist als sie. Lieber Himmel, sie sieht zwanzig Jahre älter aus als er, aber das kann kaum sein. In den 1890ern muss sie mindestens zwanzig gewesen sein – plus fünfzig, dann ist er auf jeden Fall über siebzig. Alice lauschte wieder seiner Erzählung. Er hatte wirklich Charme. Ich bin mir sicher, er erfindet das nicht einfach nur. Es ist seine Schlichtheit, die mir so an ihm gefällt, genau wie auch bei ihr – guter Gott, was ist es, was ich an ihr mag? Schwer zu benennen. Aber ich mag sie.

Mr. Tevis' Erzählung hatte sie mit vorsichtigen,

spannungsgeladenen Schritten in die staubigen Büros eines berühmten Londoner Verlegers geführt, wo ein Manuskript von Conrad darauf wartete, gelesen zu werden, als er sich plötzlich unterbrach.

»Meine liebste Bertie«, rief er, und sein Gesicht verwandelte sich in ein Gesicht der Morgenröte, wobei der wabbelige Halslappen beinah so errötete wie das Gesicht eines jungen Mädchens.

»Du hast doch nicht etwa jemanden gefunden, Nevin?«

Mr. Tevis räusperte sich bedeutungsschwer, sein Gesicht strahlte.

»Es ist ganz außergewöhnlich!« Er wandte sich vertraulich an Robert Arnold. »Hin und wieder passieren einem doch ganz außergewöhnliche Dinge, nicht wahr? Ich kann es noch gar nicht fassen.« Er drehte sich wieder seiner Frau zu. »Meine Liebe«, verkündete er, »ich habe einen engen Kontakt, einen sehr engen Kontakt zu *Dunn and Harrington* geknüpft.« Seine aufgeregte Freude zügelnd, wartete er auf die Reaktion seiner Frau.

»Oh, mein Lieber«, hauchte Mrs. Tevis. Sie hob ihren Kopf und schloss die Augen, und der Ausdruck auf ihrem Gesicht war wie ein Dankgebet.

»*Dunn and Harrington*«, strahlte Mr. Tevis. »Mit Abstand der beste Verleger in der ganzen Branche, nicht wahr?«, fragte er Robert Arnold, und dann, ohne eine Antwort abzuwarten: »Ja, in der Tat, in der Tat. Sie wissen, wie man ein Buch verlegt, diese

Gentlemen! Ein Presserummel, wie man ihn noch nie gesehen hat. Eine halbe Million Exemplare ist ein Klacks für sie.«

»Aber Nevin, wie ...?« Mrs. Tevis war gespannt, fast atemlos.

»Warte, bis ich fertig bin«, rief Mr. Tevis. »Eine ganz und gar außergewöhnliche Angelegenheit. Wissen Sie, seit Jahren warte ich auf eine Begegnung wie diese«, berichtete er den Arnolds. »Ein enger Kontakt! Darauf kommt es nämlich an. Jeder außerhalb der Branche hat ein Buch zu verkaufen. Jeder. Massen von Manuskripten – ganze Kisten voll davon. Und was geschieht? Dein Buch wandert hinein. Völlig unbekannt. Das Manuskript landet bei irgendeinem Handlanger – und wird zurückgeschickt. Der Verleger wirft nicht mal einen Blick hinein. Manche der größten Werke der Literatur sind jahrelang in den Büros der Verleger herumgewandert, haben quasi schon gebettelt. Conrad hat es durchgezogen, wissen Sie?« Er lehnte sich zurück, und der Feuerschein spiegelte sich in kleinen triumphalen Lichtblitzen auf seinen Wangenknochen, seinem schneeweißen, ordentlichen Bärtchen, den Spitzen seines Kragens.

»Aber lassen Sie mich berichten«, fuhr er fort, »ich kann immer noch nicht ganz glauben, wie es passiert ist, wissen Sie? Es gab nur die geringste Chance, die allergeringste Chance.« Er sprach zu Mrs. Tevis. »Ich war heute Mittag nur zufällig unten am Hafen. Ein wunderbarer Spaziergang am Wasser. Und ich ging in diesen kleinen Imbiss, hatte dort seit Monaten nicht gegessen. Keine Ahnung, was mich heute dorthin geführt hat – das Schicksal? Wir wissen nicht, wie sich diese Dinge ergeben. Aber ich war dort. Und wer setzte sich auf den Hocker neben mich?« Seine Augen glitten abwechselnd über ihre Gesichter und kosteten diesen Augenblick der Spannung aus. »Der Mann, der Ben Harringtons Chauffeur war!«

Alice war ganz bestürzt vor Schreck. Aber Mr. Tevis war gar nicht bewusst, dass etwas nicht stimmte.

»Ja, tatsächlich saß ich neben Harringtons eigenem Chauffeur. Er kennt ihn gut, kennt ihn seit Jahren«, er wandte sich an Robert. »Vielleicht sind Sie vertraut mit der Art, wie diese Verleger ihre Geschäfte angehen, Mr. Arnold? Wissen Sie, wie das vonstattengeht? Wenn sie ein Manuskript haben, das ihnen gefällt – ganz gut wirkt –, aber sie nicht ganz sicher sind? Man könnte meinen, sie zeigen es einem Literaturkritiker, holen sich eine Expertenmeinung ein? Nein, weit gefehlt. Sie wollen wissen, was dem normalen Volk gefällt, der breiten Öffentlichkeit. Sie geben das Manuskript dem Koch, dem Chauffeur. ›Lesen Sie das. Sagen Sie mir, was Sie davon halten.‹ Der Chauffeur kommt am Morgen wieder – er hat die ganze Nacht nicht geschlafen. ›Mr. Harrington, ich konnte es nicht zur Seite legen.‹ – ›Großartig! Das ist das Buch, nach dem wir suchen. Legen Sie einen Erscheinungstermin fest, geben Sie es schnell in Druck.‹ Ja, in der Tat, ja, in der Tat …«

Es herrschte vollkommenes Schweigen. Alice traute sich kaum, Robert anzusehen. Stattdessen blickte sie zu Mrs. Tevis. Mrs. Tevis hatte sich vorgebeugt, ihr verzücktes Gesicht war ihrem Mann zugewandt, war von uneingeschränktem Glauben erleuchtet, von blanker Freude. Alices Herz zuckte – von einem scharfen Schmerz erfasst, fast eine Art Neid, wandte sie die Augen ab.

Roberts Stimme durchbrach das Schweigen. »Dann haben Sie also ein Buch geschrieben, Mr. Tevis?«

»Es nähert sich dem Ende, Sir, es ist fast fertig. Endlich. Ein Lebenswerk. Nicht wahr, Bertie?« Mrs. Tevis schenkte ihm ein warmes, heimliches Lächeln.

»Ich frage mich, ob es Ihnen etwas ausmachen würde«, setzte Robert an – Alice rang sich endlich dazu durch, ihn anzusehen, und erkannte, dass sein Gesicht einen ironischen Ausdruck trug –, »würde es Ihnen etwas ausmachen, ein paar Laien davon zu erzählen? Was für eine Art Buch ist es? Wovon handelt es?«

»Die Frage eines Laien«, sagte Mr. Tevis nachsichtig. »Nein, es macht mir durchaus nichts aus, darüber zu sprechen. Es geht um …«, er wartete, bis ihre Aufmerksamkeit fast zum Zerreißen gespannt war, »… den Menschen«, sagte er.

»Oh«, sagte Alice.

»Und jetzt, meine Liebe«, sagte Mr. Tevis noch im selben Augenblick und schob sich auf seine Beine, »müssen wir aufbrechen. Wir halten diese jungen Leute von ihrem Abendessen ab.«

Mrs. Tevis erhob sich, Alice erinnerte sich und sagte: »Mrs. Tevis, Sie wollen sich sicher ein wenig zurechtmachen, die Haare kämmen, die Hände waschen, bevor Sie gehen.« Sie führte die alte Dame in ihr Badezimmer.

Fünf Dollar, hatte Maud gesagt, das war Mrs. Tevis' Preis. Er war ein wenig niedriger als der übliche Satz für eine Haushaltshilfe, und jetzt verstand Alice auch, warum. Fünf Dollar! Selbst das war noch zu viel. Trotzdem gab sie Mrs. Tevis die gefaltete Note, und es fühlte sich ein wenig schäbig an, ihr nicht mehr zu geben. Aber für Mrs. Tevis war offenbar alles in bester Ordnung.

»Dann sehen wir uns morgen, meine Liebe?« Das war eine Frage. Doch trotz des nur zur Hälfte gesäuberten Wohnzimmers und den drei Stunden für das Silber wusste Alice, dass es keine andere Antwort als ein Ja gab.

An der Tür verabschiedete sich Mr. Tevis sehr herzlich. »Höchst angenehm«, sagte er beim Händeschütteln, »äußerst angenehm. Wenn ihr jungen Leute uns so verwöhnt, kommen wir wieder. Wir gehen sehr wenig aus. Und Bertie tut es gut, Bertie tut es gut.« Seine Augen flossen fast über vor Zärtlichkeit, als er nun auf seine Frau herabblickte, und er schob ihre kleine braune Hand in seine Armbeuge und legte seine schmale weiße Hand darüber. So hielt er sie, als er sie vorsichtig die Stufen hinabführte.

»Nun, wer hätte das gedacht!«, sagte Robert, als die Tür zu war. »Dieser famose alte Hochstapler! Weißt du, ich mochte ihn richtig gern.«

»Ich ja auch, ich fand ihn großartig.«

»Was für eine Nummer«, kicherte Robert. »Er hatte mich wirklich eine Zeitlang gekriegt, bis er zu seinem Buch kam. Ben Harringtons Chauffeur, lieber Himmel!«

Gleichzeitig brachen sie in Gelächter aus.

»Was für ein Maulheld«, sagte Robert, »was für ein phantastischer alter Maulheld!«

»Ich finde, sie sind beide entzückend.«

»Die Frau?«, sagte Robert. »Oh, er überstrahlt sie vollkommen. Sie macht nicht viel her. Wirkt nur wie eine faltige alte Maus.«

»Ich weiß nicht«, sagte Alice gedankenverloren. »Ich weiß nicht.«

Am nächsten Vormittag erfuhr Alices Zuneigung für Mrs. Tevis jedoch eine Prüfung. Sie hatte der alten Dame eine Vase zum Säubern gegeben.

»Es heißt eigentlich nicht *Vase,* meine Liebe«, korrigierte Mrs. Tevis sie spitz. »*Vahs* sollte man es aussprechen, *Vahs.* Es ist ein Jammer, wenn unsere englische Aussprache so verdorben wird.«

Alice spürte kurz Wut aufflammen. Sie geht zu

weit, dachte sie. Merkt sie nicht, wie absurd es ist, hier die Dame von Welt zu spielen, während sie als Haushaltshilfe arbeitet? Dann schämte sie sich für den Gedanken und ihre Wut.

Sie trug Mrs. Tevis auf, das Bad zu putzen, und während sie selbst in der Küche die Wäsche sortierte, lächelte sie über die wundersame Darstellung der Geschichte der Tevises. Sie nahm es Robert sogar ein wenig übel, dass er Mrs. Tevis als nichtig abgetan hatte. So ein Schwindler von einem Ehemann. Sie fühlte sich, als müsste sie Mrs. Tevis beschützen. Dann brauchte sie frische Geschirrtücher aus dem Wäscheschrank im Badezimmer und fand dort Mrs. Tevis, wie sie die Bad-Armaturen betupfte, guter Gott, sie tätschelte sie und vertat die Zeit. Man musste sie wirklich im Auge behalten.

»Mrs. Tevis«, fragte sie und erschrak fast über ihren eigenen Mut. »Sagen Sie, hat Ihr Mann schon jemals eine seiner Schriften veröffentlicht?«

Mrs. Tevis nahm die Frage voller Würde auf. »O ja, meine Liebe. Ja, tatsächlich. In England, bevor wir geheiratet haben. Sein Essay in der *Quarterly Review* fand viel Beachtung und erfuhr einiges an Lob.« Sie unterbrach ihre Putzarbeit und lächelte Alice an. »Dann kam ihm natürlich die Idee zu seinem großen Buch, und seitdem hat er ihm sein ganzes Leben gewidmet.«

»Dann hat er es bereits in England begonnen?«

»Ja, begonnen hat er es dort, aber wir waren gerade frisch verheiratet, und es gab so viele Ablenkungen. Zu Beginn kam er nicht allzu gut voran. Er erkannte – wir beide erkannten –, dass er absolute Abgeschiedenheit brauchte. Und da kam uns der Gedanke, nach Amerika zu ziehen. Wir hatten von der Wildnis hier gehört, wissen Sie?«

»Sie sind in die Wildnis gezogen?«

»Nun, nicht allzu weit. Es gab auch noch andere Überlegungen. Mr. Tevis hatte das Gefühl, dass wir nicht zu weit von New York City entfernt leben sollten, damit er seine kleine Erbschaft an der New Yorker Börse ein wenig aufbessern konnte. Uns war klar, dass es nötig sein würde«, vertraute Mrs. Tevis ihr an, »mit unseren Mitteln sparsam umzugehen. Selbst damals wusste er schon, dass ihn das Buch mehrere Jahre beschäftigen würde. Also zogen wir in die Catskill Mountains«, fuhr Mrs. Tevis fort, und ihre Sätze breiteten sich mit einer Gleichmäßigkeit aus, die erkennen ließ, dass sie diese Geschichte schon des Öfteren erzählt hatte. »Mein Mann investierte einen Teil seiner Mittel in ein Stück Land dort, ein Waldstück, und aus dem Holz darauf konstruierte er ein Haus für mich – ein Blockhaus würde man es wohl nennen.«

»Sie meinen, er hat es selbst gebaut?«, fragte Alice ungläubig.

»Mit seinen eigenen Händen«, antwortete Mrs. Tevis stolz. »Das war sehr tapfer von ihm. Sie haben wohl gemerkt, dass er nicht daran gewöhnt war, mit den Händen zu arbeiten. Es war ein ziemlich großes Haus«, fügte sie glücklich hinzu, »mit drei Fenstern und einer Tür. Den Feuerabzug, also den Kamin, hat er zunächst vergessen, der wurde dann später hinzugefügt. Und der Wald um uns herum war wunderschön.«

Sie holte weiter aus und schien fast schon mit sich selbst zu sprechen: »Das Einzige, was missglückte, war das Dach. Wissen Sie, er begann nämlich, das Dach von oben zu bauen. Eigentlich ist es ganz logisch, nicht wahr, ein Dach von oben zu beginnen. Und natürlich war es das auch für ihn. Nur führte es dazu, dass die unteren Reihen der Holzschindeln jeweils die Reihe darüber außen überlappten, anstatt sich unter sie zu legen. Können Sie es sich vorstellen? Und deshalb konnte der Regen nicht richtig abfließen. Bei schlechtem Wetter war es nass, sehr nass.«

»Wie lange haben Sie denn dort gelebt?«, fragte Alice entsetzt.

»Vier Jahre«, antwortete Mrs. Tevis. Ihr seltsames altes Gesicht schimmerte, und sie schien sich zu entspannen, weil sie sich um diese Vertraulichkeiten erleichterte. »Was für eine glückliche Zeit! Ein Wald verändert sich jeden Tag, wenn man dort lebt, und Nevin hat mir immer Ausschnitte aus seinem Buch vorgelesen, wenn ihm etwas besonders gut gelungen war. O ja … Ja, wir lebten dort, bis uns das Unglück traf und Nevin sein Geld verlor. Männer«, sagte sie leise, »denen er vollkommen vertraut hatte – er hatte sie für wahre Freunde gehalten –, gaben ihm völlig falsche Ratschläge bei seinen Investitionen. Aber er hat ihnen nie die Schuld gegeben, Mrs. Arnold«, sagte sie würdevoll, »kein einziges Mal. Er hat ein ganz wunderbares Wesen, meine Liebe.« Sie lächelte sanft in den Raum.

»Und dann?«, wagte sich Alice weiter vor, aber durchbrach damit die vertrauliche Stimmung. Mrs. Tevis erwachte aus ihren Träumereien, wurde wieder still und zurückhaltend.

»Dann war es natürlich ziemlich schwierig.«

»Aber Mr. Tevis' Buch? Musste er es aufgeben?«

»Das hätte er«, antwortete Mrs. Tevis. »Er bestand sogar darauf. Aber das kam natürlich überhaupt nicht in Frage. Trotzdem quält es ihn sehr, wenn ihm vor Augen geführt wird, dass ich – einspringe. Er hat schon so oft zu mir gesagt: ›Bertie, ich weigere mich, dir eine Last zu sein.‹ Das war natürlich der Grund für unseren kleinen Vorwand gestern.«

»Aber was haben Sie getan?«, bohrte Alice weiter nach.

Mrs. Tevis' langes Schweigen war wie eine Rüge, es schüchterte sie fast ein. Dann: »Viele Dinge«, antwortete Mrs. Tevis ernst. »Eine Zeitlang habe ich Kinderspielzeug bemalt.« Sie verzog den Mund.

Alice erschrak angesichts des Schmerzes, den die Wahrheit Mrs. Tevis verursachte, und ihrer plötzlichen Verschlossenheit. Verzweifelt suchte sie nach einer Möglichkeit, es wiedergutzumachen.

»Und ich nehme an«, murmelte sie, »als es besonders schwer war, da mussten Sie nur den Kopf ein wenig drehen, und alles wurde wieder neu ...«

Mrs. Tevis' Gesicht strahlte auf wie das eines Kindes. »Wie reizend von Ihnen, dass Sie sich daran noch erinnern«, flüsterte sie. »So war es in der Tat für uns, aber so viele Menschen sind nicht in der Lage, das zu erkennen.« Ihr Lächeln spazierte zu den Wolken hinauf und kehrte dann langsam wieder zurück.

»Meine Güte, meine Liebe«, sagte sie, »was kann ich denn als Nächstes für Sie tun? Soll ich den Spiegel auf Hochglanz bringen? Er wirkt ein wenig fleckig.«

»O ja, bitte, wenn das möglich wäre.« Alice holte ihre Geschirrtücher und blieb an der Tür stehen. »Mrs. Tevis«, sagte sie, »wissen Sie, dass Ihr Akzent noch immer sehr britisch klingt? Wie lange sind Sie schon in diesem Land?«

»Seit 1903«, erklärte Mrs. Tevis selbstzufrieden. »Ich war dreiunddreißig Jahre alt in jenem Sommer. Wissen Sie, ich habe nicht jung geheiratet. Es ist besser, man wartet auf das Beste, meine Liebe.«

Alice trug ihre Tücher in die Küche, geschockt von der Unerbittlichkeit der Zahlen. »Sie ist achtzig«, rechnete sie sich aufgewühlt vor, »sie ist achtzig.«

Mrs. Tevis übernahm die nächsten neun Tage weiterhin Lydias Platz im Haushalt, oder besser gesagt, sie kam weiterhin zur Arbeit, und Alice suchte so viele leichte Aufgaben für sie wie möglich. Mr. Tevis war nicht mehr auf einen Sprung hereingekommen, wenn er sie abholte, was er jeden Abend pünktlich um fünf Uhr tat.

»Er ist zurückhaltender, als ich gedacht hätte«, stellte Robert fest.

An Mrs. Tevis' letztem Tag bei ihnen trug sie ein neues Paar Schuhe, günstige Schnürschuhe für Kinder aus braunem und weißem Leder. Wie winzig ihre Füße waren! Sie zeigte Alice die Schuhe sofort voll leisem Stolz.

»Ich fand es gar nicht richtig. Ich war ja der Meinung, dass Nevin ein neues Paar bräuchte, seine sind sehr schlecht. Aber davon wollte er nichts hören, er bestand darauf, dass ich neue bekomme.« Ihre blassen Augen waren vernebelt vor Freude. »Er hat ein sehr großzügiges Wesen, meine Liebe.«

Es stellte sich heraus, dass die Tevises noch einen weiteren Grund hatten, »Bertie« von der Schmach ihrer alten Stiefel zu erlösen. Sie wollten an diesem Abend ausgehen. In der Tat besuchten sie eine sehr erlesene Veranstaltung. Mr. Eli Strohman gab einen Empfang in seiner Galerie zu Ehren von zwei französischen Malern, die gerade im Land angekommen waren; danach sollte noch eine kleine, sehr private Party in seinem Haus stattfinden. Wie sich herausstellte, waren die Tevises zu beidem eingeladen. Wenn ihr das der wortgewandte Mr. Nevin Tevis mit seiner rosaroten Brille erzählt hätte – Alice hätte ihm keine Sekunde lang geglaubt. Aber nachdem

Mrs. Tevis es ihr offenbart hatte, schwankte sie den ganzen Tag über auf dem schmalen Grat zwischen Glauben und Zweifel. Mrs. Tevis' unverhohlene Vorfreude senkte die Waage zweifellos auf der Seite der Glaubwürdigkeit.

Am späten Nachmittag kam Mrs. Tevis ins Zimmer, zögerte und sagte dann: »Meine Liebe, wenn ich Sie nicht allzu sehr damit belästige, würde ich gerne Ihre Meinung wissen in einer Angelegenheit, die mich doch einigermaßen beschäftigt.«

Alice wartete ab. Mrs. Tevis' umständliche Formulierungen waren ihr beinah schon ans Herz gewachsen.

»Sehen Sie, es geht um mein Kleid. Ich weiß einfach nicht, denken Sie, dieses Kleid ist ganz fürchterlich fehl am Platz? Ich möchte nicht … auffallen, verstehen Sie?«

Das Kleid war offensichtlich dasselbe, das sie an jedem der letzten neun Tage getragen hatte, und es war so unscheinbar, dass Alice es nie genauer beachtet hatte. Es war aus verblichener Baumwolle, fast schon weiß vom Tragen und Waschen. Der Schnitt, den es einst gehabt haben musste, war längst nicht mehr zu erkennen. Die Ärmel hingen schlaff herab, und unterhalb des unregelmäßigen Saums ragten wie immer die heruntergekommenen Säume zweier anderer Kleider hervor. Alice ging im Geist hektisch ihre eigene Garderobe durch. Das blaue Samtkleid – sie hatte es seit drei Jahren nicht mehr getragen, es war ihr zu eng. Aber es war auch ganz schön aus der Mode. Würde das Mrs. Tevis stören? Voller Ironie glitt ihr Blick über die Alternative. Also gut, jetzt galt es nur noch, sie so weit zu bringen, es auch anzunehmen.

»Es ist durchaus nicht schlecht«, sagte sie vorsichtig und drehte Mrs. Tevis behutsam an einer Schulter herum. »Sie halten Ihre Sachen immer so sauber und frisch. Trotzdem ist es nicht ausgesprochen schick.« Sie zögerte. »Ich habe ein Samtkleid, das ich nicht mehr tragen kann, es ist mir zu eng. Aber Sie sind kleiner als ich. Ich habe es nur behalten, weil ich ungern gute Kleider wegwerfe. Aber gebrauchen kann ich es nicht mehr. Wollen Sie es nicht anprobieren?«

»Darf ich es mir ansehen?«, fragte Mrs. Tevis, und Alice dachte: Gut, das ist schon mal die erste Hürde. Aber auf Mrs. Tevis' Gesicht, als sie das Kleid aus dem Seidenpapier nahm, war sie nicht vorbereitet. Ihr spitzer kleiner Mund lechzte, und ihre zittrigen Hände befingerten den weichen blauen Stoff immer wieder.

»O nein, meine Liebe. Nein, das kann ich auf keinen Fall annehmen. Es ist viel zu schön. Die Farbe …«

»Ich wünschte wirklich, Sie würden es nehmen«, sagte Alice, »vor allem weil ich nicht mehr reinpasse. Ich würde es Ihnen allzu gern geben, wenn Sie es annehmen wollten. Ich habe es schon getragen, und es ist nicht mehr neu. Warum ziehen Sie es nicht einfach über, und wir sehen, wie es Ihnen passt?«

Mrs. Tevis ließ sich überreden, aber zu Alices Bestürzung bestand sie darauf, es über die Kleider zu ziehen, die sie trug. Es passte nicht schlecht, vor allem angesichts der ganzen Stofflagen darunter, aber das Samtkleid war ein wenig ausgeschnitten, und der ausgewaschene Baumwollkragen ragte darüber heraus. Außerdem, stellte Alice besorgt fest, war das Samtkleid ein paar Zentimeter kürzer als das oberste Baumwollkleid, sodass jetzt drei ausgefranste und ein sauberer Saum über den strahlenden neuen Schuhen baumelten. Doch es waren Mrs. Tevis' Augen, die wirklich schmerzten – die Augen eines Kindes, das einen Christbaum betrachtet. Außer dem Glanz des Samtes sah sie nichts. Mit Pein im Herzen beobachtete Alice, wie Mrs. Tevis vor ihrem Bild im Spiegel kapitulierte.

»Meine Liebe, Sie sind viel zu gut zu mir.«

»Es würde noch besser aussehen«, sagte Alice ganz praktisch, »ohne diese Kleider darunter.«

Mrs. Tevis schüttelte lächelnd den Kopf. »O nein, meine Liebe, ich würde frieren.« So viel also dazu. Mrs. Tevis ruhte sich den restlichen Nachmittag aus, um für die Party nicht zu müde zu sein. Sie sprachen nur sehr wenig. Alices Finger wollten immer wieder den Baumwollkragen verstecken oder die paar Zentimeter der Baumwollärmel hineinschieben, die unter dem Samtärmel hervorragten, aber etwas hielt sie zurück. Sie fürchtete, mehr Schaden anzurichten, als etwas zu retten.

Robert traf die Tevises an der Tür, als sie gerade aufbrechen wollten, und erfuhr von der Party. Der Abschied war überschwänglich, und als sie verschwunden waren, drehte sich ihr Mann zu Alice: »Dein Kleid?«

»Ich habe es ihr geschenkt. Ich kann es nicht mehr tragen.«

»Aber sie wird es doch um Himmels willen nicht so tragen, oder?«

»Mein Lieber«, sagte Alice leise, »doch, ich fürchte, genau das wird sie tun.«

Robert warf sich lachend auf das Sofa.

»Was für ein lustiges Paar alter Trottel! Aber Alice, was ist denn los mit dir?«, denn seine Frau versuchte zu lachen, schluchzte aber stattdessen zitternd auf, und Tränen der Hilflosigkeit liefen ihr über die Wangen.

Am nächsten Abend kam Robert Arnold mit einer Geschichte nach Hause, die er unbedingt seiner Frau erzählen wollte.

»Weißt du was? Sie kennen Strohman.«

»Das freut mich«, sagte Alice.

Robert Arnold hatte Eli Strohman mit einer Gruppe von Freunden beim Mittagessen getroffen und hatte ihm gegenüber die Tevises erwähnt.

»Ja, stimmt, Sie kennen sich, nicht wahr?«, hatte Strohman gefragt.

»Sie sind mit ihnen befreundet?«

»Wir sind ganz alte Freunde. Sie waren letzten Abend bei uns zu Hause.«

»Sie haben uns davon erzählt. Sagen Sie, die beiden sind ein seltsames Paar, so ein …«, Arnold suchte nach einem Wort, und Strohman lächelte. »Wie haben Sie sie denn kennengelernt?«

Der alte Mann wurde reserviert. »Wissen Sie denn nicht, wer sie ist?«

»Sie?«

»Ja, sie. Nein, wahrscheinlich kennen Sie ihren Namen nicht, auch wenn Sie ihn hören. Es ist schon zu lange her. Sie ist Alberta Nigle. Sagt Ihnen das etwas?«

»Ich fürchte nicht«, gab Arnold zu.

»Anfang der 1890er Jahre kam sie nach Paris«, sagte Strohman langsam. »Ich habe das Jahr vergessen, aber es war noch in dieser wunderbar blühenden Zeit der Impressionisten. Manche von ihnen – Pissarro, Cézanne – wurden schon langsam alt. Aber was für eine Kraft sie hatten! Renoir – ach ja. Und dann kam sie. Alberta Nigle, ein entschlossenes, ernsthaftes kleines Ding. Aber sie hatte so eine Art, plötzlich in Gelächter auszubrechen, eine Wirkung wie ein Klecks gelber Farbe auf einer dunklen Palette.«

»War sie Malerin?«, fragte Arnold, als Strohman nicht weitersprach.

»Ich war noch ein Junge«, erzählte Strohman, »sechzehn, siebzehn, und hielt mich für einen Studenten, aber ich hatte nur die Liebe zur Malerei, nicht das Talent dafür. Doch Alberta – sie war gut. Und wie sie lernte! Sie konnte einem von ihnen eine halbe Stunde lang bei der Arbeit zusehen und wusste danach alles. Wie ein Wunder! Noch zwanzig Jahre mehr, vielleicht auch nur zehn, und sie hätte sie alle überholt, da bin ich mir sicher. Seltsam, dass Sie nie von ihr gehört haben.« Strohman spitzte die Lippen. »Hm-hm. Nun, es gab nur ein halbes Dutzend von ihren besten Gemälden, nachdem sie ihren Stil gefunden hatte. Das Metropolitan besitzt zwei davon. Ich kann mich selbst den glücklichen Besitzer von einem ihrer Bilder nennen.«

»Ich werd nicht mehr«, sagte Robert Arnold. »Aber was ist mit ihrem Mann, dem alten Knaben? Er schien mir derjenige zu sein, der …«

»Ach«, Strohmans Gesicht war höflich, ausdruckslos, »ja. Reizend. Sie ist ihm ganz ergeben.«

Lydia kehrte zurück, und das Haus bekam wieder seine übliche, angenehme Ordnung. Die Wochen vergingen, und sie trafen die Tevises nicht mehr, langsam verblasste das seltsame alte Paar in ihrer Erinnerung. Zunächst hatte Alice mehrere Tage über Strohmans Geschichte nachgegrübelt. Eine Malerin? War das der Grund, warum die kleinen, fleckigen Hände immer so flatterten, so tasteten? Stets mischte sich ein Hauch Unbehagen in die Erinnerung an Mrs. Tevis, und für Alice war es fast eine Erleichterung, als sich ihre Erinnerung ein wenig trübte.

Drei Monate waren vergangen, als Robert eines Abends unterwegs bei einem beruflichen Treffen und Alice allein zu Hause war. Es klingelte an der Tür, und Alice fand Mrs. Tevis vor ihrer Schwelle, zitternd und noch gebrechlicher, als sie sie in Erinnerung hatte.

»Störe ich Sie, meine Liebe?«, fragte sie, und in ihrer Stimme lag ein hoher, angespannter Ton, der dafür sorgte, dass Alice die leisen Worte einen Moment lang als schrill empfand.

Als sie im Wohnzimmer Platz nahm, wurde ihr Gesicht so grünlich weiß, dass Alice schnell in die Küche eilte, ein großes Burgunderglas suchte und es bis zum Rand mit Sherry füllte. Mrs. Tevis nippte zweimal daran, als Alice es ihr an die Lippen hielt, aber nachdem sie es auf den kleinen Tisch neben dem Sessel gestellt hatte, rührte sie es nicht mehr an. Es blieb dort stehen wie eine kleine schimmernde Bernsteinschale im Feuerschein.

Mrs. Tevis begann über alles und nichts zu plaudern. Erinnerungen an ihre Tage bei den Arnolds, das Wetter, ihre Jugend in England, lose Teile, die keinerlei Verbindung miteinander hatten, kein Ziel. Unter der murmelnden Stimme surrte wie ein straffgespannter Draht das hohe, schreckliche Heulen der Furcht, der Angst. Alice spürte, wie ihr Herz schwerer schlug.

»Hören Sie, Mrs. Tevis«, unterbrach sie sie, »ist etwas nicht in Ordnung?«

Die Augen der alten Frau wurden langsam klar und scharf. »Ich danke Ihnen, meine Liebe«, flüsterte sie, »ich danke Ihnen vielmals. Sie machen es mir leichter. Wissen Sie«, sagte sie traurig, »ich musste den ganzen Weg zu Fuß gehen. Ich konnte das Geld für den Bus nicht finden.« Ihre Hände begannen zu zucken. »Zuerst ging ich zu Maud, aber die Nachbarn sagten, sie sei nicht in der Stadt. Und das waren schon fünf Meilen. Dann kam ich hierher, in der Hoffnung …«

Es waren mindestens zwei Meilen von Mauds Haus zu ihrem. Kein Wunder, dass der arme alte Körper erschöpft war.

»Bitte, nehmen Sie doch noch etwas vom Sherry«, drängte Alice sie.

»Nein, nein, meine Liebe, der würde mir nur zu Kopfe steigen … und wissen Sie, Nevin braucht so dringend Hühnerbrühe … oh, meine Liebe, ich bin mir nicht mal sicher, worum ich Sie bitten will. Es ist so schwierig. Er war noch nie krank. Und ich kann nicht zu Leuten zum Arbeiten gehen und mich gleichzeitig um ihn kümmern, nicht wahr? Aber er muss etwas essen, damit er wieder zu Kräften kommt. Er ist so schwach, dass mir ganz bange wird.«

»Aber natürlich helfen wir«, sagte Alice. »Warum haben Sie das denn nicht gleich gesagt?«

»Es ist alles so schwierig«, murmelte Mrs. Tevis. »Ich bin gekommen, um Sie zu bitten, mir einen Dollar zu leihen. Ich werde ihn so schnell wie möglich zurückzahlen. Das wäre mir eine heilige Pflicht.« Sie sprach tonlos, als hätte sie es eingeübt.

»Hören Sie«, sagte Alice, »ich möchte, dass Sie sich ein wenig hinlegen. Sie sind völlig erschöpft. Und sobald mein Mann mit dem Auto kommt, werden wir Sie nach Hause fahren. Wir geben Ihnen genügend Geld mit und Lebensmittel, die ihr Mann essen kann.«

»Nein«, rief Mrs. Tevis, »ich bin schon viel zu lange weg.« In ihrer Stimme lag panische Dringlichkeit, als würde Alice sie gefangen halten. »Nein, nein, ich kann nicht. Wenn er nun aufwacht, und ich bin nicht da …«

»Nun gut, Mrs. Tevis«, sagte Alice schnell und beruhigend. »Sie können natürlich tun, was Sie möchten. Aber lassen Sie mich ein paar Dinge in einen Korb packen, heute können Sie nicht mehr einkaufen. Dann bringe ich Sie zum Bus.«

Sie tätschelte die schmale Schulter, bevor sie in die Küche eilte, und als sie vor den Regalen grübelte, bekam sie Angst – Angst. Die Arme der alten Frau schlugen, flatterten, klatschten gegen die Sessellehne.

Hühnerbrühe, Gott sei Dank, zwei Dosen. Und etwas von der getrockneten Erbsensuppe. Cracker. Ein Viertelpfund Butter, Grapefruit. Warum hatten sie nicht mehr zu Hause? Sie deckte den Inhalt des Korbes mit einer Serviette zu und ging damit zurück ins Wohnzimmer. Mrs. Tevis stemmte sich auf die Beine, die wie bebende Drähte zitterten, aber ihr Gesicht wärmte sich mit Dankbarkeit. Die feinen, geraden Linien des kleinen mageren Gesichts blitzten hinter dem entstellenden Fleisch hervor, und eine gewisse Grazie begann in ihr aufzuleuchten. Sie streckte eine Hand nach dem Korb aus, und dann brach sie langsam und sachte vor Alices Füßen zu einem kleinen Bündel zusammen, fiel zu Boden wie die Blütenblätter einer voll erblühten Rose, die sich alle auf einmal lösen und zart zur Erde sinken.

Der Arzt der Arnolds war unterwegs und nicht zu erreichen. Die Sanitäter, die mit einem Krankenwagen kamen, waren sehr unverbindlich. Alice ertrug den Gedanken an die Armenstation im Krankenhaus nicht.

»Wir zahlen auf jeden Fall für ein oder zwei Tage«, sagte sie, in der Hoffnung, dass Robert ihr das nicht verübeln würde. Aber wie sich herausstellte, gab es nicht viel zu zahlen. Mrs. Tevis starb in dieser Nacht im Krankenhaus an Erschöpfung und Unterernährung, wie ihnen der Arzt mitteilte.

Und kein Mensch wusste, wo der Ehemann zu finden war. Die Arnolds hatten nie erfahren, wo die Tevises wohnten. Maud hatte für sie bei Mrs. Tevis Bescheid gegeben, aber Maud und ihr Mann waren irgendwo im Süden bei einer ihrer ungeplanten Ferienreisen mit dem Auto unterwegs. Strohman war in London. Niemand sonst wusste etwas über sie. Eine Telefonnummer? Niemals hätten sie sich ein Telefon leisten können. Wahrscheinlich irgendein Wohnheim. Die Polizei wollte sich nicht damit aufhalten, einen Mann aufzustöbern, der in seiner eigenen Wohnung war, bis Alice verzweifelt den Polizisten anschrie, dass seine Frau verhungert war – verhungert! Dann begannen die Wachmänner ihre methodische Suche.

Sie fanden ihn am dritten Tag im obersten Geschoss eines heruntergekommenen Wohnheims, die Besitzerin war beunruhigt gewesen. Und auch er war tot – an Lungenentzündung gestorben, laut Polizeiarzt. Nein, keine Anzeichen von Unterernährung.

Weil Strohman im Ausland war, nahmen die Arnolds den großen Manuskriptstapel von dem alten Schreibtisch mit. Es war mit der Hand auf grauem Zeitungspapier geschrieben, ein großer Teil davon vergilbt und vom Alter zerknittert. Sie verbrachten lange Zeit damit, prüften Seite um Seite. Und es war nichts. Schmierzettel ohne Zusammenhang, Wortreihen … halbe Absätze … Gekritzel … *Vier gewinnt* … unfertige Sätze – nichts.

»Das ertrage ich nicht«, sagte Alice zu ihrem Mann.

»Es ist wirklich schlimm.« Robert fühlte mit ihr. »Aber wahrscheinlich ist es gut, dass die beiden von uns gegangen sind.«

Er betrachtete sie einen Augenblick lang, dann nahm er die Abendzeitung und setzte sich in den Sessel. Alice sah sich in ihrem hellen, vertrauten

Wohnzimmer um, so sicher, so angenehm nüchtern. So schal und zwecklos. Und auf einmal sah sie die Jahre wie etwas Greifbares auf sich zukommen, Tag um Tag. Plötzlich erinnerte sie sich lebhaft an den Schmerz und den Ruhm auf Mrs. Tevis' altem Gesicht. Aus dieser schrecklichen Trostlosigkeit heraus wollte sie aufschreien, sich an ihren Mann klammern. Doch Robert war in den Sportteil vertieft.

Todesglocken

Harriet wusste nicht, wie sie in den Keller ihrer Cousine Margret geraten war. Er war fürchterlich vollgestellt, wie es sonst gar nicht Margrets Art war – unzählige Stapel von Blumenkästen purzelten in alle Richtungen, und sie dachte: Wie dumm von Margret. Hier könnte doch schnell ein Feuer ausbrechen.

Und genau in diesem Augenblick brach ein Feuer aus, ein kleiner Funkenregen stieb an den Stromkabeln, die entlang der verblichenen Balken über ihrem Kopf verlegt waren. Das Feuer kroch an den Kabeln entlang wie ein kleines Flammenrinnsal, aber es schien nichts anderes in Brand zu stecken, bis es ein Netz blasser Spinnweben erreichte und dort aufflammte. Sie hob ihre Hand und konnte die Spinnweben wegwischen, ohne sich dabei zu verbrennen. Doch jetzt breitete sich das Feuer aus – etliche Kabelmeter brannten schon, und sie dachte voller Qual: Ich muss die Feuerwehr rufen. Da entdeckte sie die Zeitung, eine große, dicke Zeitung, die an dem einen Ende des Balkens über die Kabel geklemmt war, die Flammen liefen geradewegs darauf zu. Ihr Herz hämmerte vor Panik und Wut, und sie wusste auf einmal: Leila hatte das getan, Leila hatte sie dort eingeklemmt, Leila wollte, dass das Haus abbrannte.

Sie streckte sich nach oben zu der Zeitung und zog, und sie fiel brennend herunter. Sie sah sich um, warf sie in eine Gießkanne und löschte sie. Oh, diese verrückte Leila! Aber die Flamme züngelte oben entlang der Kabel noch weiter, und sie hob den Kopf und begann mit geöffnetem Mund daraufzupusten – Kohlendioxid erstickt Feuer –, nur zeigte ihr Atem keinerlei Wirkung auf die Flammen. Sie dachte an die Gießkanne, konnte aber sehen, dass die Isolierung der Kabel sehr alt und brüchig war. Gerade rechtzeitig erinnerte sie sich, dass man elektrisches Feuer nicht mit Wasser löschen kann. Ihr wurde klar, dass sie trotzdem nach oben gehen und die Feuerwehr rufen musste, und sie sah sich um, aber es gab keine Treppe.

Ihr Herz schlug immer noch voller Angst, doch sie war jetzt im Garten, wo sich riesige Menschenmengen versammelt hatten, als fände gerade eine Gartenparty statt. Allerdings war die Stimmung gar nicht festlich, und immer wenn sie sich einer Gruppe näherte, kehrten die Leute ihr dort langsam den Rücken zu. Sie wusste irgendwie, dass sie jemandem etwas sehr, sehr Wichtiges sagen musste, konnte sich aber nicht mehr erinnern, was es war.

Dann kam Cousine Margret vorbei, eilte vorüber und flüsterte ihr dabei zu: »Schau nicht so, meine Süße, das werden sie merken. Du kannst es dir nicht leisten, dein Innerstes nach außen zu kehren.« Margret trug einen breiten, steifen Hut mit Gänseblümchen darauf und lächelte sie unter der Krempe mit ihren weisen, hinterlistigen Augen an, als sie davonsegelte.

Harriet ging ein wenig umher, hierhin und dorthin, unsicher, wo sie hinwollte, und gelangte dann zu mehreren blühenden Yucca-Palmen neben einer Laube. Dort blieb sie stehen, denn das war der richtige Ort; ein leichter Wind fuhr durch die cremefarbenen Yucca-Blütenglocken. Ein kleiner Junge in einem hellblauen Anzug saß auf dem Gras und zerschnitt mit einem schimmernden Taschenmesser eine Maus in Scheiben, während die Maus wimmerte. Sie sah sich um, aber niemand beachtete ihn, und sie sagte laut: »Lass das sein.« Der Junge blickte mit seinen dunklen, berechnenden Augen zu ihr auf, dann beugte er sich wieder vor und zerschnitt weiter die Maus.

Sie hatte fürchterliche Angst und begann zu wimmern. Jemand löste sich aus den Menschengruppen, ein Mann in einem weißen Sommerjackett drehte sich mit einem langsamen Schwung der Schulter zu ihr um; sie erkannte ihn voller Freude wieder, und ein lieblicher Frieden durchströmte sie. Es war Harry, er sah sie, ging schnell auf sie zu, kam zu ihr, legte seine Hände fest und sanft auf ihre Schultern und sagte leise: »Wie geht es meinem Mädchen?«

Sie sagte: »Oh, Harry, ich hatte solche Angst!« Sie drückte ihr Gesicht an seine Hemdbrust, und seine Arme schlangen sich um sie und zogen sie fest an ihn. In seine Kleider murmelte sie: »Ich dachte, ich würde dich nicht treffen«, und er legte eine Hand an ihr Haar und sagte langsam wie eine läutende Glocke: »Wir treffen uns nur einmal, meine Liebste, ein einziges Mal.«

Aber als sie bei diesen Worten aufblickte, waren seine Augen nicht traurig, sondern strahlten vor Freude, und er streckte den Arm aus und pflückte eine Blumenkugel von der Yucca. Ein süßer Schmerz schnürte ihr die Kehle zu, denn sie wusste genau, was als Nächstes passieren würde.

Er lächelte verschmitzt und sagte: »Weißt du, dass du mich mit diesen vielen Locken immer an eine Blume erinnert hast, aber ich nie wusste, an welche? Margret meinte immer, Hyazinthen, aber die sind zu stämmig für deine schlanke Gestalt, und die Blütenblätter sind zu dicht für dein Haar. Das hier ist es«, sagte er und berührte den Yucca-Stamm, sodass die Glocken zitterten, »sauber und klar, und ein reizender Schwall von Locken.«

Sie sahen sich an und lachten, und ihr Gelächter klang, als würden die weißen Glocken brechen. »… und zugänglich!«, flüsterte er und blickte zu ihr herab, doch seine Augen wirkten plötzlich verwundet, drängend und leidend. »Siehst du, wie sie zittert, wenn ich sie berühre?« Er steckte ihr die Yucca-Blüte ins Haar. »Damit du hier verwurzelt bist, bis ich zurück bin«, sagte er. »Entschuldigst du mich bitte für eine Minute?« Er entfernte sich von ihr, dann blieb er stehen und wandte sich zu ihr um. »Geh nicht weg«, sagte er.

»Nein, das werde ich nicht«, rief sie. »Ich gehe nicht weg.« Sie war so glücklich, aber ihm zuzusehen, wie er verschwand, war nicht gut, das brachte Unglück.

Als sie die Augen öffnete, drängte sich plötzlich die Menschenmenge um sie und schob sie weiter, bis sie, sosehr sie es auch versuchte, nicht mehr stehen bleiben konnte. Sie wurde langsam Richtung Haus gedrängt und konnte die Yucca nicht mehr sehen. Als sie ins Wohnzimmer stolperte, war es dort dämmrig, und statt Möbeln standen dort nur große quadratische Würfel. Es gab keine Fenster in den Wänden.

Leila saß auf einem der Würfel und nähte mit einer Nähmaschine. Sie sah auf und sagte mit fester Stimme: »Setz dich, Harriet.«

Harriet setzte sich, und Leila nähte wie wild weiter, die Maschine sägte und klapperte, aber sie wandte kein einziges Mal ihre geheimnisvollen und getrübten Augen von Harriets Gesicht ab. Ich darf nicht preisgeben, dass ich auf Harry warte, dachte Harriet. Aber Leila wusste es. Leila nähte an einem hellblauen Anzug für den kleinen Harry, und sie hielt ihn hoch, damit Harriet ihn anschauen konnte. Aber was Harriet sah, war, dass Leila etwas versteckte, ein schreckliches, tödliches Wissen, das Harriet vergessen hatte, an das sie sich erinnern musste, während die getrübten, geheimen Augen genau das verhinderten.

»Du musst dir meine neue Knopflochmaschine ansehen«, sagte Leila. »So etwas hast du noch nicht gesehen. Harry kauft mir alle Maschinen, die ich haben will«, sagte sie und fing an, ein Knopfloch nach dem anderen zu nähen, ganz schnell. Harriet hielt ihre Augen auf den rasenden Kreis von Knopflöchern geheftet, aber in ihrer Brust breitete sich eine kalte Sorge aus, immer weiter, und plötzlich hörte ihr rasendes Herz auf zu schlagen und wurde von einem eiskalten, unerträglichen Schmerz erfasst. Beinahe hätte sie gewusst, woran sie denken musste, aber sie kämpfte dagegen an.

Genau in diesem Moment schossen die Flammen an allen Wänden hoch, und Leilas Augen gaben ihr Geheimnis preis und waren gierig, befriedigt und nackt. Und Harriet wurde klar, dass sie es nicht geschafft hatte, an das Feuer zu denken, aber darauf kam es nicht mehr an. Jetzt war es zu spät. Sie und Leila sahen sich an – und beide wussten es. Ihr Blick dauerte an und dauerte an. In ihren Augen lag keine Feindseligkeit mehr und kein Bedauern, keine Vergebung, nur Ehrlichkeit bei jeder von ihnen, in ihrem bitteren, tödlichen Wissen.

Leilas Augen wanderten lauernd zu den brennenden Wänden, und Harriet wurde plötzlich bewusst, in welcher Gefahr sie sich befanden. Leila hatte vorgehabt, sie hier zu festhalten, bis es für eine Flucht zu spät war. Die Flammen schossen auf und umfingen sie. Die Möbelwürfel gingen in Feuer auf, einer nach dem anderen. Das Holz um ihre Füße begann zu kokeln. Oh, die Flammen! Harry, rette mich! Mit einem schrecklichen Dröhnen brach der Boden, und sie stürzte ins Feuer.

Harriet schüttelte sich und öffnete die Augen im Halblicht der klammen Dämmerung. Ein wilder Regen prasselte hinter den gestärkten Vorhängen gegen die Fenster ihres Schlafzimmers. Es donnerte ganz in der Nähe. Der Donner musste sie geweckt haben. Sie hatte geschlafen, immerhin. Die ungeöffnete Schachtel mit Schlaftabletten lag auf ihrem Nachttisch, sie hatte keine genommen.

Sie schlüpfte aus dem Bett und ging zum Fenster. Unten bei der Laube fielen die Yucca-Blüten unter den schweren Regentropfen zu Boden. Und Harry war tot … tot … tot. Sie hatte nicht gewusst, welche Blumen sie zur Beerdigung schicken sollte, und hatte es Margret überlassen. Und Margret hatte Tuberosen geschickt … Tuberosen … Das kostbare Verlangen seiner Augen in ihrem Traum und die vertraute Art, wie er seinen Kopf wandte. Oh, Harry, verlass mich nicht.

Ihre nackten Füße fühlten sich kalt an auf dem Boden. Sie zitterte in ihrem dünnen Nachthemd und dachte, dass sie eine einzige Yucca-Blüte abbrechen und sie selbst zu Harrys Grab tragen sollte. Doch dann fiel ihr Blick auf all die vertrauten, nassen Dächer der kleinen Stadt und die Fenster, hinter denen aufmerksame Augen wachten. Und sie wusste, dass sie es nicht tun würde.

Nehmen Sie eine Kutsche, Madam

Madam ging vor mir die Treppen hinauf. Als ich die große, dämmerige Eingangshalle betrat, sah ich, wie sie ihre schwere Gestalt mühsam die Treppe hochschleppte, langsam eine Stufe erklomm, dann eine Pause machte, um zu Atem zu kommen, ehe sie sich an die nächste wagte. Eine schwarz behandschuhte Hand klammerte sich an das hohe Geländer. Der andere Arm war voll beladen mit verschiedenen Bündeln.

Auch ich war an diesem Abend müde, und der qualvolle Triumph dieser großen Frau über jede einzelne Stufe war mehr, als ich ertragen konnte.

»Kann ich Ihnen nicht etwas abnehmen? Sie tragen zu schwer.«

Ihre kleinen schwarzen Augen, gerade noch matt von der Anstrengung, schossen zu mir.

»Diese jungen Leute! Wie viele, denken Sie, überholen mich jeden Tag auf der Treppe? Bleiben sie vielleicht stehen? Sagen sie auch nur ›Guten Abend, Madam‹?« Ihr Blick trübte sich plötzlich, und ihre

Stimme wurde tränenschwer, als sie weiterjammerte: »Niemand denkt heutzutage noch an eine alte Frau. Ich bin doch nur eine alte Frau und muss die Treppe immer allein hinaufgehen. Danke, vielen Dank, meine Liebe. Sie sind zu freundlich. Aber Sie dürfen ihre jungen, glücklichen Schritte nicht an meine alten anpassen. Nein, nein, das wäre zu viel verlangt, viel zu viel.«

Ihr Gejammer hatte meinen kleinen schimmernden Stolz auf mich selbst, weil ich stehen geblieben war, einfach zerschmettert. Mir graute vor jammernden alten Frauen. Aber jetzt war es zu spät. Trotz ihres Protests nahm ich ihr also den größeren Teil ihrer Bündel ab und legte eine Hand an ihren Ellbogen. Nur ihr Atem war zu hören, als wir uns schweigend nebeneinander jede einzelne Stufe erkämpften, innehielten – und uns dann an die nächste machten.

Die hohe Decke, ein Mosaik aus roten und blauen Fliesen, wölbte sich über uns in den Schatten des zweiten Stocks hinauf. Das Haus war vor dem Feuer von San Francisco eine große Villa gewesen, hatte nun aber seine beste Zeit hinter sich, und das weite, unglaublich hohe Treppenhaus stellte die Beinmuskulatur der Untermieter morgens wie abends auf die Probe. Ich hatte meine Begleiterin schon oft dort gesehen. Täglich unternahm sie mühsame Pilgerreisen nach draußen und wieder zurück in ihr Zimmer im zweiten Stock. Ihren Namen kannte ich nicht. Ich weiß nicht, ob ich ihn überhaupt schon einmal gehört hatte. Der Vermieter sprach von ihr als »Madam«, und so nannten wir sie alle, wenn wir gerade einmal nicht, wie heute Abend, allzu sehr in unsere eigenen kleinen Angelegenheiten verstrickt waren.

Wir brauchten wohl an die zehn Minuten für die Treppe. Ich trug die Bündel in ihr Zimmer. Wieder trübten sich ihre kleinen dunklen Augen, als sie in einem Ausbruch von Dankbarkeit nach meinem Arm griff.

»Setzen Sie sich, meine Liebe, setzen Sie sich. Ich würde mich sehr freuen, wenn Sie ein wenig bleiben könnten. Diese jungen Leute haben jeden Sinn für Anstand verloren, aber *Sie* haben an eine alte Frau gedacht. Ich würde Ihnen so gern ein paar Dinge zeigen. Vielleicht haben Sie gar keine Zeit, Sie haben sich ja jetzt schon so lange aufgehalten. Doch ich bin mir sicher, dass ich etwas habe, das Sie interessieren wird. Könnten Sie wohl zehn Minuten bleiben? Es wäre mir wirklich eine Ehre. Niemand besucht mich. Aber Sie würden meine Sachen sicher gern sehen. Ich habe ein paar richtige Kostbarkeiten hier.«

Ihre Stimme rasselte, wie sie nun schwerfällig in ihrem Zimmer herumging. Es war eines der besseren Zimmer im Haus, groß, mit drei Erkerfenstern und einem weiß gekachelten Kamin. Der Tisch, das Sofa und die Sessel waren übersät mit kleinen Stofffetzen, Federn, Spitze und Seide.

»Sie würden kaum glauben, wie begehrt meine Kreationen waren. Eine der besten Schneidereien von Paris. Die Komtess von P... trug nur Dinge, die ich angefertigt hatte. Eines der allerbesten Häuser. Mein Chef pflegte zu sagen: ›Madam, gehen Sie hinaus auf den Boulevard, ach nein – nehmen Sie sich eine Kutsche, nehmen Sie eine Kutsche, und lassen Sie sich den ganzen Vormittag Zeit, oder den ganzen Tag, aber bringen Sie mir ein Kostüm mit, eine Ihrer Kreationen. Nehmen Sie eine Kutsche, husch-husch!‹ Und ich nahm mir eine Kutsche und fuhr die Boulevards entlang. Wenn ich dann zurückkam, entwarf ich ihm einen Anzug oder ein Kleid. Er war außer sich vor Freude. ›Nehmen Sie sich eine Kutsche, Madam‹, hat er immer gesagt.«

Sie öffnete einen riesigen alten Schrank und holte große Stapel von Kleidern, Seidenbrokat und schweren, muffigen merzerisierten Baumwollstoffen, Mänteln und Kleidern im Stil der 1890er Jahre heraus, mit winzigen, geschnürten Taillen und fließenden Röcken. Wunderschöne Stoffe, voller Rüschen, Falten und Streifen, mit Borten, Fell und Federn in Hülle und Fülle. Eines nach dem anderen hielt sie vor mir hoch, die ganze Grandezza von vierzig Jahren zuvor.

»Sind sie nicht schön?«, rief sie. »Sind sie nicht wunderhübsch? Heutzutage wissen die Frauen gar nicht mehr, wie man sich kleidet. Sehen Sie sich dieses feine blaue Tuch an. Fünfzehn Dollar pro Meter hat es gekostet. Und diese reizenden winzigen Taillen! Können Sie sich vorstellen, dass ich das getragen habe, meine Liebe? Ja, im Frühling vor meiner zweiten Hochzeit. Mein Mann war so stolz auf meine Figur. Ich konnte meine Taille mit beiden Händen umfassen. Aber jetzt bin ich eine alte Frau, alt, alt!« Ihre massige Gestalt schüttelte sich unter rabelaisschem Gelächter.

»Die Damen von Welt waren damals so elegant. Ich hatte ein Händchen für die Eleganz. Er hat mir immer gesagt, dass ich ein Talent für Eleganz hätte. Wissen Sie, meine Liebe, dass er mich hinausgeschickt hat, damit ich den ganzen Vormittag auf den Boulevards verbringe? ›Nehmen Sie eine Kutsche, Madam‹, hat er immer gesagt.«

Ihre kleinen schwarzen Augen funkelten mich vorwurfsvoll an, als unterstellte sie mir, ich wollte ihre Triumphe abstreiten. Dann quollen plötzlich wieder Tränen auf.

»Es gibt da ein Mädchen, ein liebes Kind, sie arbeitet in der Bäckerei unten an der Ecke. Sie ist immer so gut zu mir. Lassen Sie mich Ihnen etwas zeigen. Sie ahnt nichts davon, aber ich werde sie überraschen mit einem wunderbaren Geschenk. Sie hat so ein freundliches, warmes Herz, genau wie Sie, meine Liebe, voller Güte für eine alte Frau.« Sie kramte in den Stoffen auf dem Tisch herum.

»Ich nähe ihr das hier. Ist er nicht hübsch?« Auf ihrer Hand lag ein Hut, eine labberige, formlose Nachahmung eines khakifarbenen Camper-Huts aus brauner Seide mit Goldborten, spitzer Hutkrone und hängender Krempe – ein grauenhaftes Gebilde. Es war mit allerfeinster Näharbeit bestickt – und es war sagenhaft, ja unglaublich hässlich. Madams breite, faltige Hand streichelte zärtlich die Seide.

»Solche Ware findet man heutzutage gar nicht mehr. Das war mal ein Abendkleid, aber ich habe es zerschnitten. Probieren Sie ihn auf, meine Liebe. Er würde Ihnen gut stehen. Gute Güte, Sie haben so dichtes Haar, ich fürchte, er ist zu klein. Aber er würde sehr hübsch an Ihnen aussehen. Wissen Sie was? Ich werde auch für Sie einen nähen, wenn ich mit dem hier fertig bin. Ich habe noch genug Stoff übrig. Als Dank für ihr liebes, umsichtiges Herz würde ich Ihnen gerne einen anfertigen. Und falls er Ihren Freundinnen gefällt, bestellen sie ja vielleicht auch einen bei mir. Etwas wie das hier finden Sie nirgends – er ist einzigartig. Sobald ich mit dem hier fertig bin, müssen Sie vorbeikommen, damit ich Ihre Hutgröße messen kann.

Gehen Sie noch nicht, meine Liebe. Sie können doch sicher einer alten Frau noch fünf Minuten Ihrer Zeit schenken. Ich bekomme so wenig Besuch. Ich will Ihnen meine Puppen zeigen.« Sie öffnete eine Schublade in ihrem Schrank. »Seit Monaten kleide ich sie an. Ich habe ihnen ein paar meiner liebsten Schätze geopfert, aber sie sind es wert, diese Lieblinge! Sehen Sie sich nur diese süße kleine Blonde an.«

Puppen waren es, zehn an der Zahl, mit sanftem Porzellanlächeln und braunen oder blonden Locken, aber alles andere an ihnen war eindeutig von Madam persönlich gefertigt. Ihre Körper waren lang mit Wespentaille, und ihre Kleider waren in ihrer auserlesenen Miniatur Nachahmungen der Kleider und Anzüge, die sie mir gerade eben vorgeführt hatte. »Sehen Sie, meine Liebe, ich habe sie perfekt gekleidet, bis hin zu ihren hübschen Unterkleidern. Und sie haben alle ihre drei niedlichen Petticoats, Flanell für die Wärme, weiße Rüschen für die Anmut und Seide für die Eleganz. Diese kleine Blonde ist mein Liebling; solchen Samt bekommt man heutzutage gar nicht mehr. Zu Weihnachten müssen sie sehr lieben kleinen Mädchen geschenkt werden. Meinen Sie nicht, dass es ein kleines Mädchen sehr glücklich machen würde, so eine elegante Dame für sich ganz alleine zu haben?«

Plötzlich flehten ihre Augen, die Furcht darin strafte ihre selbstbewussten Sätze Lügen. Ich sah mir die kleine Blonde an. Ihr geziert lächelnder Kopf war ein Anachronismus zu ihrem altmodischen Putz. Der pflaumenfarbene Samt ihres Kleides war stockig und steif wie Leinwand. Ziemlich schnell war ich mir sicher, was ein kleines Mädchen heutzutage über diese Puppen denken würde, überdeckte dieses Urteil aber rasch mit einer Welle des Mitleids.

»Sie sind perfekt, Madam, sie sind wunderschön. Ich habe noch nie so hübsche kleine Kleidchen gesehen.« Meine Beteuerungen waren etwas voreilig, ich klang viel zu überzogen begeistert, sodass ich schon fast fürchtete, in ihren bettelnden Augen würde wieder ihre Gerissenheit auftauchen, und sie würde mich eine Lügnerin schimpfen. Aber ihr Verlangen nach Bestätigung war stärker.

»Danke, meine Liebe. Ich bin so froh über die Meinung eines jungen Mädchens. Ich habe so viele Stunden Arbeit in sie gesteckt, in meine kleinen Lieblinge. Sie können sich nicht vorstellen, wie sehr es mich zu Beginn geschmerzt hat, meine Kleider zu zerschneiden. Es war das erste Mal ...« Kurz schwieg sie versonnen. Dann wandte sie sich mir mit weit aufgerissenen Augen zu.

»Sie müssen eine nehmen. Sie kennen doch sicher ein kleines Mädchen, das sie damit glücklich machen könnten. Sie könnten sie ihr zu Weihnachten schenken. Ich verlange nur sechs Dollar dafür. Der Preis ist geradezu lächerlich – sehen Sie sich doch nur den Stoff der Kleider an. Und die Köpfe musste ich kaufen, für die habe ich jeweils allein schon zwei Dollar bezahlt. Nur sechs Dollar, und Sie können sich aussuchen, welche Sie wollen, sogar meine geliebte kleine Blonde.«

Plötzlich packte mich eine rasende Wut auf mich selbst. Nur meine schwachköpfige Rührseligkeit hatte mich in diese missliche Lage gebracht, die Tatsache, dass mir manche Menschen leidtaten und ich mich von ihnen einwickeln ließ. Zur Hölle mit dieser hässlichen Alten und ihren Sechs-Dollar-Puppen!

»Es tut mir leid«, sagte ich so unverblümt wie möglich. »Ich arbeite erst seit zwei Monaten in der Stadt, und sechs Dollar sind für mich viel Geld. Abgesehen davon kenne ich keine kleinen Mädchen.«

Sofort bereute ich es. Ihr schwerer alter Körper schien in sich zusammenzufallen, in den Augen leuchtete wieder dieser ängstliche Dackelblick auf.

»Natürlich, mein liebes Kind. Lassen Sie sich von mir nicht bedrängen. Sie sollen nicht glauben, dass ich Sie zwingen will. Aber Sie finden sie doch schön, oder? Und einem kleinen Mädchen würden sie gefallen, nicht wahr? Natürlich würden sie das. Sie können sich nicht vorstellen, was diese Stoffe gekostet haben, als sie neu waren. Und die Zusammenstellung ist perfekt. Habe ich Ihnen erzählt, dass ich immer in der Kutsche herumgefahren bin? Ich war eine wunderbare Designerin. Sie glauben doch auch, dass ich sie verkaufen könnte, nicht wahr, meine Liebe?«

Ich war grob gewesen und schämte mich. Wieder versicherte ich ihr, dass sie unbeschreiblich schön seien und sie sie natürlich verkaufen könne, dass jedes kleine Mädchen sie lieben würde. Irgendjemand würde ihr wohl sagen müssen, dass sie sich nicht verkaufen ließen – aber nicht ich. Derart heikle Herausforderungen liegen mir nicht.

»Danke, meine Liebe, ich bin so froh um Ihr Urteil. Müssen Sie denn schon aufbrechen? Aber ja, natürlich, ich habe Sie schon lange aufgehalten. Ich hoffe, Sie kommen mich bald wieder besuchen. Ich kann

Ihnen gar nicht sagen, wie glücklich mich dieser kleine Besuch gemacht hat. So wenige junge Leute sind freundlich und aufmerksam gegenüber alten Leuten. Sie kommen wieder? Versprechen Sie doch, dass Sie in ein, zwei Tagen wieder vorbeikommen. Ich möchte Ihre Kopfgröße messen.«

Als ich die Stufen zum dritten Stock und meinem verspäteten Abendessen hochging, fragte ich mich, ob sie wirklich Geld brauchte. Sie hatte ein wesentlich besseres Zimmer als ich.

Zwei Wochen später erzählte mir der Vermieter, dass Madam auf der Treppe gestürzt sei und mit einer gebrochenen Hüfte ins Krankenhaus habe gebracht werden müssen. Er bezweifelte, dass sie sich je wieder erholen würde, so schwer und alt, wie sie war. Meinen versprochenen Besuch hatte ich nie gemacht. Ich war erst zwanzig und fürchtete mich schrecklich davor, dass sie mir einen Hut nähte.

Nachwort von C. Douglas Taylor

Meine Mutter, Kathrine Kressmann Taylor (1903–1996), »die Frau, die 1939 Amerika erschütterte«, wurde in Portland, Oregon, geboren und lebte in Kalifornien, New York, Pennsylvania (wo sie zwanzig Jahre lang am Gettysburg College unterrichtete), Minneapolis, Florenz und San Casciano, im Val de Pesa in Italien. Ihre Geschichte *Adressat unbekannt* war 1939 eine landesweite Sensation, wurde in Amerika und auch in England mehrfach neu aufgelegt und seit 2001 in zweiundzwanzig Sprachen übersetzt.

Kathrine Kressmann Taylor schrieb noch drei weitere Bücher: *Bis zu jenem Tag* (1942), ein auf Tatsachen beruhender Bericht über den Kampf der deutschen evangelischen Kirche gegen die Übernahme der Nazis, *Diary of Florence in Flood* (1967), das in England als *Ordeal by Water* erschien, und *Storm on the Rock* (1978), ein Roman, der auf Französisch als *Jour d'orage* veröffentlicht wurde.

Die meisten von Kathrines Kurzgeschichten entstanden, während sie mit anderen Unternehmungen beschäftigt war: Sie schrieb *Adressat unbekannt*, als sie auf einer kleinen Farm in Oregon lebte, wo sie einen Haushalt ohne fließend Wasser führte, drei kleine Kinder großzog, sich um den Garten kümmerte und putzte und kochte, während ihr Ehemann Elliott in San Francisco als Herausgeber eines Magazins arbeitete und üblicherweise nur an den Wochenenden zu Hause war. Die Veröffentlichung und der große Erfolg von *Adressat unbekannt* ermöglichten es ihr, nach Nyack, New York, zu ziehen und eine Haushaltshilfe einzustellen, die ihr mit den mittlerweile vier Kindern zur Hand ging. So konnte sie einen richtigen Roman schreiben, *Bis zu jenem Tag* (1942), der 2003 unter dem Titel *Day of No Return* neu herausgebracht wurde und 2002 bei Hoffmann und Campe auf Deutsch erschien.

Als *Adressat unbekannt* im September 1938 veröffentlicht wurde und 1939 die gebundene Ausgabe bei Simon & Schuster folgte, schenkte ihr das zum ersten Mal die Freiheit, sich zu Hause dem Schreiben zu widmen. 1942 kauften Elliott und Kathrine mit den Erlösen von *Adressat unbekannt* eine weitere Farm in Pennsylvania bei Gettysburg, wo Kathrine wegen ihres literarischen Erfolgs bald eine Gastdozentur am Gettysburg College angeboten bekam, einem kleinen, evangelisch geprägten geisteswissenschaftlichen College. Ihr erster Kurs stieß bei den Studenten auf so viel Interesse, dass ihr nach dem ersten Jahr eine Vollzeit-Dozentur angeboten wurde. Sie sollte dort neunzehn Jahre lang unterrichten und war die erste Frau, die eine Professur und eine Festanstellung erhielt.

Das Leben auf der Farm ließ ihr wenig Zeit zum Schreiben, genau wie auch die Arbeit an der Universität. 1949 wurde die Landwirtschaft an einen Nachbarn übergeben, wodurch sie in den Sommermonaten, in denen das College geschlossen war, mehr Zeit hatte.

Ab 1949 lebten im Haushalt eigentlich nur noch meine Mutter und ich (meine zweijährige Armeezeit mal ausgenommen), und ich war mit ihrem Alltag sehr vertraut. Während des akademischen Jahres konzentrierte sie sich auf das Unterrichten, und in den Sommermonaten schrieb sie Kurzgeschichten, zum Teil wegen der begrenzten Ferienzeit, zum Teil aber auch, weil die Kurzgeschichte ihre liebste literarische Form war. Soweit ich mich erinnere, schrieb sie am liebsten nachts, vielleicht wegen der Ruhe, vielleicht aber auch, weil in dieser Zeit ihre Inspiration am größten war. Sie schrieb auf ihrer tragbaren Smith-Corona-Schreibmaschine, für gewöhnlich mit einer Tasse Kaffee neben sich, und gönnte sich immer das feinste Porzellan der englischen Marke Wicker Lane Spode, und jedes Mal nahm sie eine neue Tasse – nie wurde ein zweites Mal aufgefüllt. Ich erinnere mich, dass ich morgens aufwachte, während sie noch schlief, und sechs oder sieben Tassen und Untertassen standen auf dem Küchentisch verteilt.

Nie sprach sie über das, woran sie gerade schrieb. Das tat sie erst, wenn sie eine Geschichte für beendet hielt. Dann verkündete sie ihren Kollegen am College, dass sie eine neue Geschichte geschrieben habe, und lud sie auf die Farm zu einer Lesung ein. Sie kamen immer in Scharen; meine Mutter las die Geschichte vor, sie trug sie mit recht dramatischem Unterton vor und erhielt dafür stets spontanen und ziemlich lauten Applaus. Für gewöhnlich hörte auch ich bei der Lesung eine neue Geschichte zum ersten Mal.

Nachdem mein Vater 1953 gestorben war, unterrichtete meine Mutter noch dreizehn Jahre lang weiter am Gettysburg College und schrieb in den Sommerferien Kurzgeschichten. Am College war Kathrine eine sehr erfolgreiche Dozentin für Creative Writing, Journalismus und Grundlagen der Literatur, ein interdisziplinärer Studiengang, in den sie sich sehr engagiert und mit großem Interesse einbrachte. Sie nahm sich sogar ein Freisemester und reiste nach Florenz, um über Dante zu forschen und Material für den Kurs zu sammeln. Von Studenten und Kollegen wurde sie gleichermaßen geschätzt, jahrelang hat sie ihre unglaubliche Energie mehr dem Unterrichten als dem Schreiben zugewandt. Als sie schließlich 1966 in Rente ging, beschloss sie, nur noch zu schreiben. Um das zu ermöglichen, entschied sie sich, nach Italien zu ziehen, wo sie mit ihrer kleinen Rente besser haushalten konnte.

Doch das Schicksal griff in ihre Pläne ein. Bei ihrer Reise nach Italien lernte sie auf dem Schiff *Michelangelo* den amerikanischen Bildhauer John Rood kennen, der ein Jahr später ihr zweiter Ehemann werden sollte. Die beiden hatten eine Schiffsromanze und ließen sich mit Plänen für eine spätere Heirat in Florenz nieder, in einer Pension am Ufer des Flusses Arno. Dort wurde meine Mutter 1966 Zeugin des großen Hochwassers und der folgenden Wiederaufbauphase der Stadt. Die meisten Ausländer verließen damals die Stadt. Sie aber blieb und schrieb einen Bericht über die internationalen Maßnahmen zur Rettung der Stadt und ihrer Kunstschätze. Dieser Bericht sollte ihr drittes Buch werden, *Diary of Florence in Flood,* das im nächsten Jahr erschien. Nach ihrer Heirat mit John Rood schrieb Kathrine ganze sieben Jahre nicht, und erst nach seinem Tod 1974 nahm sie die Arbeit an ihrem letzten Buch, dem Roman *Storm on the Rock,* wieder auf und beendete es 1978. In ihren letzten Jahren begann sie mit der Niederschrift einer Reminiszenz an ihre Jugendjahre in Oregon, die sie *The Other Eden* nannte, aber mehr als zwanzig Seiten wurden es nicht. Als sie mit 92 Jahren 1996 starb, blieb es unvollendet.

Nie wieder schrieb sie eine Kurzgeschichte.

* * *

An den Entstehungskontext von zwei Erzählungen dieses Bandes kann ich mich erinnern: *Nehmen Sie eine Kutsche, Madam* entstand 1935 auf Wunsch meines Vaters, als er Herausgeber von *Controversy* war, einem für die damalige Zeit ziemlich radikalen Magazin. Das Magazin hatte einen Schreibwettbewerb ausgerufen, bekam aber nur sehr wenige Einsendungen. Schließlich fragte er Kathrine, ob sie eine Geschichte schreiben und sie einreichen würde. Das tat sie, und zwar unter dem Pseudonym Sarah B. Kennedy. Und sie gewann – unabhängig von meinem Vater. Das weiß ich allerdings nur aus ihren Erzählungen, denn das war mein Geburtsjahr.

Die sterbende Rose erschien zum ersten Mal in *Woman's Day* im September 1953. Schon zwei Jahre zuvor wurde die Story von CBS Studio One unter dem Titel *They Served the Muses* vertont. Die Anregung zu dieser Geschichte gab ein älteres Paar, das meine Eltern in San Francisco kennengelernt hatten, als sie frisch verheiratet waren.

C. Douglas Taylor

Nachweise

Das Mädchen mit dem blauen Kleid

Originaltitel: *Girl in a Blue Rayon Dress*
zuerst in: *Woman's Day*, April 1958

Erste Liebe

Originaltitel: *First Love*
zuerst in: *Woman's Day*, November 1957

Die sterbende Rose

Originaltitel: *The Blown Rose*
zuerst in: *Woman's Day*, September 1953

Todesglocken

Originaltitel: *Passing Bell*
zuerst in: *Univ. of Kansas City Review*, Herbst 1956

Nehmen Sie eine Kutsche, Madam

Originaltitel: *Take a Carriage, Madam*
zuerst unter dem Pseudonym Sarah B. Kennedy in: *Controversy*, 1. April 1935

Naomi Wood
Als Hemingway mich liebte
Aus dem Englischen von Robert A. Weiß
und Gerlinde Schermer-Rauwolf
368 Seiten, gebunden
ISBN 978-3-455-40559-0
Hoffmann und Campe

Im Sommer 1926 fahren Hemingway und seine Frau Hadley von Paris in ihr Haus in Südfrankreich. Sie verbringen ihre Tage mit Schwimmen, Bridge, Drinks und Hadleys bester Freundin Pauline. Dass sie zugleich Hemingways Geliebte ist, scheint Mrs. Hemingway Nr. 1 in Kauf zu nehmen – vorerst. Bald ist klar: Weder sie noch Pauline wird die letzte Ehefrau sein.

Basierend auf Briefen und anderen authentischen Quellen beschwört Naomi Wood nicht nur die immer wieder scheiternden Ehen des Schriftstellers herauf, sondern auch die Atmosphäre in den Kreisen der Bohème jener Zeit. Eine tragische, herzzerreißende, großartig erzählte Geschichte über das Scheitern vierer Frauen an einem charismatischen Mann und erfolgreichen Schriftsteller.

»Wunderschön geschrieben
und sehr bewegend.«
Jojo Moyes

Ariëlla Kornmehl
Alles, was wir wissen konnten
Aus dem Niederlänischen
von Marlene Müller-Haas
208 Seiten, gebunden
ISBN 978-3-455-40541-5
Hoffmann und Campe

Die Niederlande stehen unter deutscher Besatzung, die Amsterdamer Juden sind in Lebensgefahr, und die junge Jet muss untertauchen bei einem Bekannten. Im Gepäck hat sie ein Bild des Malers Degas. Vor den Deutschen ist Jet in Haarlem sicher, aber nicht vor ihrem Nachbarn, einem Nazi-Kollaborateur …

Um ihr Leben zu retten, muss sie ihrem Peiniger das eigene Kind überlassen, wird ihrem Sohn nie sagen dürfen, dass sie seine Mutter ist. Durch die Augen des kleinen Otto lernen wir eine andere Seite dieses Mannes kennen. Kann ein solcher Mensch ein guter Vater sein? Wird Otto je die Wahrheit erfahren? Und was hat es mit dem Gemälde von Degas auf sich? Inspiriert durch die Erlebnisse ihrer Großmutter, erzählt Ariëlla Kornmehl von den dramatischen Folgen des Politischen im Privaten – vom Leben einer jungen Frau in einer ausweglosen Situation und von ihrem Sohn, der in eine Welt hineingeboren wird, in der nichts am rechten Platz scheint.